AF335837

COLLECTION MÉRIDIONALE

TOME PREMIER

45990-992

INVENTAIRE
Z 42990

MÉMOIRES

DES

CHOSES PASSÉES EN GUYENNE

(1621-1622)

ÉCRITS PAR

BERTRAND DE VIGNOLLES

ET PUBLIÉS

AVEC UNE INTRODUCTION ET DES NOTES

PAR

PHILIPPE TAMIZEY DE LARROQUE

<table>
<tr><td>PARIS</td><td>BORDEAUX</td></tr>
<tr><td>DITTET-CHAMPEAU, LIBRAIRE</td><td>G. GOUNOUILHOU, ÉDITEUR</td></tr>
<tr><td>RUE MONSIEUR-LE-PRINCE, 18</td><td>RUE GUIRAUDE, 11</td></tr>
</table>

1868

MÉMOIRES

DES

CHOSES PASSÉES EN GUYENNE

(1621-1622)

RÉDIGÉS PAR

BERTRAND DE VIGNOLLES

ET PUBLIÉS

AVEC UNE INTRODUCTION ET DES NOTES

PAR

PHILIPPE TAMIZEY DE LARROQUE

PARIS

PITTET-CHAMPEAU, LIBRAIRE
RUE MONSIEUR-LE-PRINCE, 48

BORDEAUX

G. GOUNOUILHOU, ÉDITEUR
RUE GUIRAUDE, 11

1869

J'ai l'intention de publier, si Dieu me prête vie et si les lecteurs me prêtent assistance, un certain nombre de volumes plus ou moins épais, mais tous du même format, imprimés avec les mêmes caractères et sur le même papier, destinés à former une collection relative à l'histoire et à la littérature du midi de la France. Chacun de ces volumes sera tiré à cent exemplaires, et il n'en sera mis que la moitié dans le commerce. L'impression en sera très soignée; le nom seul de l'imprimeur de la collection me dispenserait d'en donner l'assurance. J'espère que ceux qui seront contents de la forme, ne seront pas trop mécontents du fond. Du moins, je ne négligerai rien pour que les textes rares ou inédits que je publierai soient parfaitement établis, et pour que les notes et notices qui les accompagneront laissent le moins possible à désirer. J'appelle sur mon entreprise la favorable attention de tous ceux qui aiment beaucoup les livres; d'avance je veux les remercier ici de l'encourageante sympathie qu'ils me témoigneront et dont je chercherai à me rendre toujours de plus en plus digne.

Gontaud, 6 août 1858.

INTRODUCTION

Nous possédons trois courtes notices sur Bertrand de Vignolles : la première dans l'*Histoire généalogique des grands officiers de la couronne*, au catalogue des chevaliers de l'ordre du Saint-Esprit (t. IX, p. 145) (¹): la seconde dans la *Chronologie historique militaire* de Pinard (t. IV, p. 7); la troisième dans *la France protestante* (t. IX, p. 502). Je vais emprunter à ces trois notices leurs meilleurs renseignements, que je m'efforcerai de compléter de mon mieux.

Bertrand de Vignolles, surnommé La Hire, comme l'illustre membre de sa famille qui avait été un des plus valeureux capitaines du XV⁺ siècle, et qui, avec Poton de Xaintrailles et Arnaud-Guillaume de Barbazan, avait si glorieusement représenté la Gascogne au milieu des armées de Charles VII (²), vint au monde en 1565 environ. Ses biographes n'indiquent pas le lieu de sa naissance.

(¹) Le marquis d'Aubais s'est plu à reconnaître que l'article de Vignolles est « très bien dressé dans le catalogue des chevaliers du Saint Esprit, » et il y a seulement ajouté quelques détails généalogiques (*Pièces fugitives pour servir à l'histoire de France*, t. II, p. 19) — Ni le *Dictionnaire* de Moréri, ni la *Biographie Michaud*, ni la *Biographie Didot*, n'ont daigné se souvenir de Bertrand de Vignolles.

(²) Voir sur Étienne de Vignolles un excellent article de M. Vallet (de Viriville) dans le tome XXVIII de la *Nouvelle Biographie générale*, au mot *La Hire*.

Peut-être eut-il pour berceau ce château de Vignolles [1]
où, cent soixante-quinze ans plus tôt, avait vu le jour
l'intrépide compagnon d'armes de Jeanne d'Arc! Bertrand
était fils de François de Vignolles La Hire, baron de
Vignolles, seigneur de Casaubon et de Preschat, gouverneur de Dax et de Tartas, et il eut pour mère Marie de La
Rochebeaucourt [2]. Il n'avait pas encore atteint l'âge de
quinze ans, quand il commença, dès 1580, à montrer
que c'était bien l'héroïque sang de La Hire qui coulait
dans ses veines [3]. En 1585, nous le voyons, au milieu
des rangs huguenots, à cette chaude affaire de Saint-
Mandé, dont Agrippa d'Aubigné nous a laissé un récit de
tant de verve et d'éloquence et d'où se dégagent, semble-
t-il, l'enivrante odeur de la poudre, le cliquetis et l'éclair
des épées (*Histoire universelle*, édition de Jean Moussat,
à Maillé, t. II, p. 430-431). Le jeune Gascon, que d'Aubigné appelle en cet endroit Casaubon de Vignolles, exé-

[1] En Bigorre, aujourd'hui Haute-Garonne, arrondissement de
Saint-Gaudens.

[2] Le mariage avait eu lieu le 20 novembre 1558. L'*Histoire généalogique* nous apprend que Marie de La Rochebeaucourt était fille de
Jean de La Rochebeaucourt, seigneur de Montagrier, et de Jacquette
Pouvreau. D'Aubais (à l'endroit déjà cité) appelle Jean de La Rochebeaucourt, baron de Soubran, et non seigneur de Montagrier ; il appelle
la grand'mère de Bertrand, non Jacquette Pouvreau, mais bien Jacquette Pourreau de Goernay. D'après le même érudit, François de
Vignolles eut pour père François de Saint-Paul, seigneur de Ricault,
qui se maria en premières noces avec Marie de Vignolles, en secondes
noces avec Marguerite de Carmain ; enfant du premier lit, il quitta le
nom de son père pour prendre celui de sa mère.

[3] Les auteurs de la *France protestante* prétendent, sans indiquer
malheureusement la source où ils ont puisé leur assertion, que
Vignolles fut d'abord attaché au prince de Condé. Le P. Anselme n'a
rien dit de l'apprentissage des armes fait par Vignolles sous cet illustre
chef. Pinard, si MM. Haag ne se trompent pas, aurait eu le tort plus
grave d'avancer que Vignolles fut immédiatement attaché au roi de
Navarre.

cuta les ordres du futur historien (¹) de façon à ne pouvoir, près de quarante ans plus tard, être oublié de lui dans la description du combat. Écoutons le même d'Aubigné racontant une action d'éclat accomplie, la même année, par Vignolles : « Le vicomte (²) sachant que Monluc (³), avec les forces de Gascongne, avoit assiégé Vic-Faisansac (⁴), y fit une course, d'où il découple Vignolles avec 150 harquebusiers pour entrer dans la ville, qui, comme petitte, estoit assiégée de fort près. On trouva mauvais que cette commission, comme une des plus difficiles du mestier, fust donnée à un homme de dix-neuf ans; mais il prit parti si à propos, qu'il en fut quitte en passant sur le ventre à un corps de garde de 100 hommes ; résolution qui fit lever le siége dans deux jours. » Scipion Du Pleix (*Histoire de Henry III, roy de France et de Pologne*, édition de Claude Sonnier, Paris, 1650) expose avec plus de détails (p. 122 et 123) ce qui se passa dans Vic-Fezensac : « Dans le parti contraire, Vignoles, âgé de dix-neuf ans, fit en ces mesmes temps une action très hardie. Les religionaires s'estoient saisis de la ville de Vic-Fezensac (autres fois le siége du comte d'Armagnac), où il y a diverses clostures entr'ouvertes de ruines et de bresches qui enferment une vaste solitude ou de meschans bastimens. Ayans aucunement remparé celle du milieu, qui commande les autres, ils y avoient

---

(¹) « *Il servait alors*, disent MM. Haag, *dans le régiment des arquebusiers de d'Aubigné.* »

(²) Il s'agit là du vicomte de Turenne (Henry de La Tour), plus tard duc de Bouillon. J'ai publié une importante lettre inédite de lui dans l'*Annuaire-Bulletin de la Société de l'Histoire de France*, 1866, p. 6.

(³) Charles de Monluc, petit-fils du maréchal Blaise de Monluc, plus tard sénéchal de l'Agenais. — Je m'occuperai prochainement de Charles de Monluc dans un travail spécial.

(⁴) Vic-Fezensac, chef-lieu de canton de l'arrondissement d'Auch.

logé une petite garnison, laquelle incommodoit le pays
circonvoisin par ses courses. Ce qui obligea la noblesse
catholique (dont cette contrée est plus peuplée que nulle
autre de France) à s'assembler et tascher de la forcer à
coups de main, ou à se rendre, sçachant bien qu'il y
avoit fort peu de provisions dans la place. Le vicomte de
Turene, qui commandoit en Guyenne pour les religionaires en l'absence du roy de Navarre, desiroit secourir les
assiégés; mais n'estant pas assez fort pour combattre
cette noblesse fortifiée de quelques bandes de gens de
pied que le mareschal de Matignon y avoit envoyées, il
fut bien aise d'apprendre que Parrabère, maistre-de-
camp voisin du lieu, en faisoit l'entreprise (¹). Celuy-cy
donc s'estant approché de nuict de la place commanda à
Vignoles, un des capitaines de son régiment, de se jetter
dedans avec cens cinquante soldats, portans chacun une
bouëtte de poudre. Ce qu'il exécuta aussi heureusement
que hardiment en forçant deux corps de garde, qui estoient
en son passage : et estant dedans donna le signal de son
entrée par une fumée, ainsi qu'il luy avoit esté ordonné :
et Parrabère se retira aussi-tost avec sa troupe. Dez le lendemain les assiegeans la pluspart volontaires, considerans
que ce raffraischissement pouvoit faire subsister trop
longuement les assiegez, levèrent le siége et se deffilè-
rent (²). »

Le 20 octobre 1587, Bertrand de Vignolles assista,

(¹) Ce Parabère est cité, sous le nom de Parabère, parmi les maîtres
de camp de l'armée du roi de Navarre, dans la belle page des *Mémoires
de la Ligue* où est résumée la description de la bataille de Coutras
(t. II, p. 243). Un Henri de Beaudéan, comte de Parabère, chevalier
des ordres du roi, mourut en janvier 1655. C'était probablement le
fils du Parabère de Vic-Fezensac et de Coutras.

(²) Voir encore l'*Histoire de Gascogne* de l'abbé Monlezun, t. V,
p. 147.

entouré des enfants perdus, à la bataille de Coutras, et, digne chef de cette troupe à l'irrésistible élan, il contribua beaucoup au succès de la journée (¹). Le prince dont il avait embrassé la cause était trop bon juge en matière de courage pour ne pas apprécier tout le mérite du jeune guerrier. Aussi, proportionnant la récompense aux services rendus, le nomma-t-il, en 1588, capitaine de ses gardes (²). L'année même où Vignolles, alors âgé de vingt-huit ans tout au plus, reçut du Béarnais cette éclatante preuve de confiance, il acquit une grande réputation à la reprise de Marans (³) et à la défense de la ville de la Garnache (⁴). C'est dans l'*Histoire universelle* de d'Aubigné

(¹) Ceux-cy (les arquebusiers) avec six-vingt soldats d'élite, enfans perdus, conduits par Vignoles, servirent grandement à la victoire du roi de Navarre (Du Pleix, p. 146). D'Aubigné, *Histoire universelle*, t. III, 1620, p. 51) signale, à côté de Vignolles et de ses enfants perdus, « le vicomte de Turenne avec la pluspart de la cavalerie de Gascongne. »

(²) MM. Haag affirment que ce fut « après la mort du prince de Condé, qui l'avait nommé capitaine dans sa garde. » On sait que Henry Iᵉʳ de Bourbon mourut « en la fleur de son âge, le samedi cinquième jour de mars 1588, en la ville de S. Jean d'Angely en Xaintonge, au grand regret de tous les bons françois et autres gens de bien, envers lesquels, de postérité en postérité, sa mémoire sera à jamais honorable. » (*Mémoires de la Ligue*, édition de 1758, t. II, p. 303.)

(³) Aucun des trois biographes de Vignolles n'a parlé de la présence du nouveau capitaine des gardes du roi de Navarre devant les murs de Marans. Voir, à ce sujet, le *Discours de la reprise de l'isle, forts et châteaux de Marans, faite par le roi de Navarre, au mois de juin 1588* (*Mémoires de messire Philippe de Mornay, seigneur du Plessis*, in-4°, t. I, p. 885). Ce *Discours* a été réimprimé dans les *Mémoires de la Ligue* (t. II, p. 378).

(⁴) Ville du canton de Challans, arrondissement des Sables d'Olonne, département de la Vendée. L'*Histoire généalogique* nomme cette ville : *La Ganache en Poitou*, et Pinard la nomme *La Gamache*. On lit encore *La Ganache* dans les *Mémoires de la Ligue* (t. II, p. 358 et suivantes). Une note (p. 358) désigne ainsi le lieu : « château qui appartenait

qu'il faut lire la pittoresque relation de ce siége, trop longue pour être reproduite ici (¹). Le 20 avril 1589, Vignolles leva un régiment d'infanterie de son nom pour aider le roi de Navarre à assiéger Rouen, et il fut blessé d'une mousquetade, devant cette ville, dans une sortie faite par le duc d'Aumale (²). L'année suivante, nous retrouvons Vignolles prenant une large part à la bataille d'Ivry, à la tête de son régiment, qui eut l'honneur de combattre auprès de l'escadron royal. Les *Mémoires* de du Plessis-Mornay (édition déjà citée, t. II, p. 58) con-

à la maison de Rohan, situé à deux lieues de Macheeou, à sept de Montagut, et à trois de la mer. La ville est située sur la frontière du Poitou et de la Bretagne. »

(¹) Pages 147-159. Voir surtout la page 148 sur Vignolles, qui « disputa les aproches si rudement, que La Chastre fut contraint de mener quelques gentils-hommes secourir ses gens de pied, et faillit à y estre pris. » On trouvera encore plus de détails dans un morceau spécial intitulé : *Du siège de la Ganache* (*Mémoires de la Ligue*, t. II, p. 538-554). Le roi de Navarre avait dépêché lui-même, pour renforcer la place, le baron de Vignolles, « gentilhomme gascon renommé pour sa bravoure, » dit une note de la page 539. Voici un passage qui m'a paru trop intéressant pour n'être pas détaché de cette relation si peu connue (p. 552) : « Il est à remarquer que le baron de Vignoles avoit en l'armée un ami, nommé Poisson, commissaire des guerres. L'assaut étant prêt à être livré, Poisson fort sollicité de la conservation de son ami, et desireux de le sauver, pria un capitaine du régiment de la Chastaignerai (duquel l'enseigne étoit malade) de lui donner son enseigne pour ce jour là seulement, aiant resolu d'entrer des premiers, pour sauver son ami le baron de Vignoles : ce capitaine lui donna son enseigne, selon sa requête. Poisson, lors de l'assaut, se présenta des premiers à la brèche que Vignoles même gardoit; mais n'étant Poisson reconnu de son ami Vignoles, il fut reçu de deux arquebusades, qui le portèrent par terre, et fut aussitôt emporté. » Cet obscur martyr de l'amitié ne mérite-t-il pas de vivre à jamais dans la sympathique mémoire des hommes ?

(²) La *France protestante* fait nommer par Henry IV Vignolles gouverneur de Vendôme en 1589. Nulle part je ne vois la moindre trace de cette nomination.

tiennent une relation de cette bataille, où nous lisons ces
lignes, qui n'ont pas été remarquées par mes devanciers,
quoique Le Duchat eût déjà appelé sur elles l'attention
des lecteurs du *Journal de Henry III* (note de la p. 347
du t. V, édition de 1754) : « J'y ay eu un cheval tué sous
moi, et fus remonté par La Vignolle, à qui j'ay beaucoup
d'obligation... » Le sauveur de Philippe de Mornay était à
l'assaut donné, le 24 juillet 1590, aux faubourgs de Paris.
En 1591, il fut dangereusement blessé en escaladant les
remparts de la ville de Chartres (¹). A peine guéri, il court
à Rouen (²), repousse vigoureusement les deux premières
sorties des ligueurs « l'une desquelles fut de six cens
hommes, et l'autre de cent chevaux et de mille fantas-
sins (³), » et reste devant cette place jusqu'au 11 avril 1592,
où le siége fut levé. La ville d'Épernay s'étant rendue le
13 avril de la même année, il en obtint le gouvernement,
et « on luy donna dix compagnies de gens de pied et cent
chevaux entretenus pource que sa place estoit foible et ses
ennemis forts et gaillards (⁴). » Il ne tarda pas à payer au
roi sa dette de reconnaissance. « Son premier exploit fut
sur la compagnie de gens d'armes de Saint-Paul, mareschal de la Ligue, et sur ses gardes, qui estans sur le
poinct de loger au bourg de Lônoi, Vignolles qui battoit
la campagne pour chercher l'occasion, aiant pris langue

(¹) Du Pleix (*Histoire de Henry le Grand*, édition de 1650, p. 57)
nous dit : « il soutint aussi (le sieur de la Bourdaisière) un très furieux
assaut, auquel le Roy perdit onze maistres de camp, et soixante hommes de commandement. De seize capitaines que Vignolles y mena,
les neuf y furent tués, et les autres estropiez avec luy-mesme. »

(²) Du Pleix, après nous avoir montré le maréchal de Biron campant
devant Rouen (le 11 novembre 1591), ajoute (p. 75) : « Vignoles,
Belsunce, Piles et Boisse, avoient le principal commandement au camp
royal sous le mesme mareschal. »

(³) Du Pleix, p. 76.

(⁴) D'Aubigné, p. 270.

d'eux, fait donner cinquante carabins par un bout de la bourgade, et lui entreprend l'autre, trouve les ennemis encores à cheval, irrésolus de loger ou de passer outre : le combat fut dans les rues ; quelque peu furent tuez à l'abord, l'enseigne de Saint-Paul et quarante de ses compagnons pris. Cela fut en octobre 1592 ([1]). » L'année d'après, au mois d'avril, nouvelles prouesses de Vignolles, ainsi narrées par d'Aubigné (p. 272) : « Villiers Saint-Paul ([2]) vint à la ville ([3]) demander le coup d'espée. Sans le faire morfondre, Vignolles lui envoie le vicomte de Vanteuil, qui le chargea si vertement, que Villiers estant jeté sur sa troupe y apporte grande confusion : Vignolles avec les trente salades qui premières s'étoient jointes à lui, ne permit pas aux autres de se r'asseurer, et de sa charge emporta le combat, bien enfoncé et bien poursuivi jusques dans les barrières de la retraite : Villiers demeura pris et mourut de ses blessures ; trente-quatre demeurèrent sur la place et bien autant de prisonniers. »

Vignolles servit au siége de Laon en 1594. Il reprit, en 1595, dans des circonstances singulières, la ville de Mareuil ([4]), dont il s'était emparé déjà l'année précédente. Ici laissons parler Du Pleix (p. 183) : « Vignolles, qui ne

([1]) D'Aubigné, p. 270. Du Pleix, qui met en marge de la page 93 : *Bonnes actions de Vignoles*, nous parle ainsi du gouverneur d'Épernay : « ses courses ordinaires jusques aux portes des places qui tenoient pour les rebelles incommodoient autant les ennemis qu'elles accomodoient les siens. » Décidément le roi de Navarre avait eu la main heureuse en confiant à Vignolles le poste difficile d'Épernay.

([2]) Ce Villiers Saint-Paul était le jeune frère du maréchal de Saint-Paul, et c'était lui qui commandait dans Épernay lorsque le roi de Navarre avait pris cette ville.

([3]) C'est-à-dire : à Épernay.

([4]) C'est sans doute par quelque faute d'impression que Moreuil a été substitué à Mareuil dans la *Chronologie historique militaire* et dans la *France protestante*. Mareuil appartient à l'arrondissement d'Épernay.

chancela jamais au service du Roy, y avoit laissé Anchet pour gouverneur : lequel fit si mauvaise garde, qu'il se laissa surprendre aussi par les ennemis cette année 1595 dont Vignolles fut si outré, qu'il se résolut de se perdre ou de recouvrer cette place, qu'il avoit gaignée par sa vertu. Et de fait, il y accourut incontinent avec si peu de forces, que du commencement la garmison estoit aussi forte que les assiegeans : et néantmoins il la tint bloquée, et si deffit le secours qui s'y presenta, quoyque plus puissant que luy en nombre de gens de guerre. Mais aussi les royaux y advolans de tous costez, il se trouva en peu de jours renforcé de quatre mille hommes de pied et de cinq cens chevaux : et pressa si fort le siége, que la place luy fut rendue par composition le XVe jour après qu'elle fut investie ([1]). »

De 1596 à 1621, la vie de Bertrand de Vignolles fut bien moins remplie d'événements. On licencia son régi-

---

([1]) Vignolles, en sa qualité d'enfant de la Gascogne, n'était pas moins adroit que brave. Voir d'Aubigné (p. 377) sur le stratagème qu'il employa pour pénétrer, la première fois, dans le fort de Mareuil. Quand Vignolles profita si ingénieusement de la crue des eaux pour arriver au but que ces mêmes eaux semblaient devoir précisément l'empêcher d'atteindre, il fut aidé par « huict bons soldats bateliers de Dordongne et de Garonne habillez à la mode du pays, » auxiliaires dont d'Aubigné a tenu à faire mention : *Sans oublier*, dit-il (p. 378), *huict bons soldats*, etc. Le même historien ajoute (p. 378) : « A un mois de là Vignolles revenant avec sa compagnie d'assister le duc de Bouillon aux occasions qui se marquent en leur place, trouva à son retour incommode le voisinage de Chastillon, il r'amassa ce qu'il put dans le païs, arrive au poinct du jour sur la contr'escarpe, fait porter et planter le plus d'eschelles qu'il pût, sans autre ordre que là où l'œil jugeroit, pose des petards à chacune des portes; quelques eschelles réussirent; ceux du dedans viennent aux mains, tuent près de 40 hommes des attaquans, la resolution desquels vainquit tout; la place emportée il y eut quelque 120 hommes tuez, 800 prisonniers; entre ceux là le gouverneur; la place fut rasée à la requête du païs. »

ment le 6 mai 1598. Il épousa, le 4 septembre 1604, Marguerite de Balaguier-Montsalez, dame de Coulonges-les-Royaux et de Benet, veuve de Charles de Monluc, seigneur de Caupène (¹), et fille de Jacques de Balaguier, baron de Montsalez, chevalier de l'ordre du roi, gentilhomme de sa chambre, capitaine de cinquante hommes d'armes de ses ordonnances (²). Vignolles devint capitaine de cent hommes d'armes et conseiller d'État, le 17 octobre 1610. Pendant que Louis XIII séjournait à Bordeaux (octobre 1515), attendant Anne d'Autriche, il envoya « Monsieur de Vignolles, l'un des mareschaux de camp de son armée (³), vers les gouverneurs de Tartas, d'Acqs et de Mont-de-Marsan pour les asseurer à son service. » Le *Mercure françois*, auquel j'emprunte cette particularité (t. IV, p. 286), ajoute que les gouverneurs de ces trois villes écrivirent au roi, le suppliant de ne pas douter de leur

(¹) M. le marquis de La Grange (note de la page 134 du tome II des *Mémoires du duc de la Force*) prétend que ce fut Henri IV qui maria Vignolles avec madame de Monluc. Il ajoute que ce roi avait donné à Vignolles quatre mille écus de pension, « chose fort rare pour le temps. »

(²) La mère de la veuve de Charles de Monluc était Suzanne d'Estissac. Le prénom de Suzanne passa à la fille unique de Bertrand de Vignolles, qui fut mariée, le 8 septembre 1627, à Hector de Gelas de Voisins, marquis d'Ambres, vicomte de Lautrec, chevalier des ordres du roi ; elle mourut à Lavaur en 1682. Avant d'être madame de Monluc, Marguerite de Balaguier avait été la femme de Bertrand Eberard, seigneur de Saint-Sulpice.

(³) A ce compte, Pinard, d'ordinaire si minutieusement exact en ce qui regarde les dates, se serait trompé en avançant que Vignolles fut créé maréchal de camp en 1616. Voici une troisième opinion : d'après les *Mémoires du maréchal de Bassompierre* (t. III de l'édition de 1723, page 59), Vignolles aurait été fait maréchal de camp après la prise de Royan, c'est-à-dire après le 11 mai 1622, en même temps que MM. de Bourg et de Seneterre. Mais l'assertion de Bassompierre est inacceptable, car Vignolles lui-même, au début de ses *Mémoires*, nous apprend qu'il était déjà maréchal de camp en 1621.

fidélité, pas plus que « de la dévotion des habitants de ces trois villes envers Leurs Majestez. »

Une pièce non moins inconnue des biographes de Vignolles que la mission dont je viens de parler, nous le montre, peu de temps après, contribuant à sauver Marie de Médicis : *L'estrange et veritable accident arrivé en la ville de Tours, où la royne courroit grand danger de sa vie, sans le marquis de Rouillac et Monsieur de Vignolles, le vendredy vingt-neufiesme janvier 1616.* (A Paris, chez Guillaume Marette, rue de la Parcheminerie, à l'Image Sainct-Martin, 1616, brochure de huit pages in-8° (¹). Voici le récit de l'aventure :

« Le vendredy 29 janvier, Sa Majesté ayant faict assembler le Conseil, où estoient Messieurs le comte de Soissons et duc de Guise, Monsieur d'Espernon, Messeigneurs le Chancelier, de Villeroy et autres seigneurs Conseillers d'Estat, pour adviser à ce qui se devoit chanter pendant la conférence, et chercher les moyens les plus propres pour la resolution de la paix, le plancher de la chambre où le Conseil se tenoit commença à fondre vers la cheminée et petit à petit la mine croissoit au lieu où estoient Messieurs le comte de Soissons, d'Espernon, de Villeroy, Bassompierre, Biron, le marquis de Villaine, et plus d'une vingtaine de seigneurs de qualité, elle les emporta avec elle dans une salle basse, où à l'instant il s'esmeut un grand bruit par ceux qui estoient dans l'antichambre et dedans la basse court, pour ne sçavoir comme ce malheur estoit arrivé. L'un crioit : « Où est la Roine? » L'autre : « Où est Monsieur le comte de Soissons? » L'autre : « Où est Monsieur d'Espernon? » Et tous, l'espée haute, chacun parloit selon ses sens et son affection, et pendant ceste

<hr>

(¹) Bibliothèque impériale, L. 36 b / 788.

grande rumeur, la Royne se fist veüe seule abandonnée et en grand peril de sa vie si le marquis de Rouillac le premier ne fust couru à elle et, après luy, Monsieur de Vignolles, lesquels au lieu de faire comme les autres qui ne pensoient qu'à se sauver, préférant le salut de Sa Majesté au leur particulier, aymans mieux mille fois mourir que si il luy fust mesarrivé. Ceux qui demeurèrent blessez furent Monsieur d'Espernon fort légèrement, toutes fois lequel en cet estat assista le premier et tant qu'il peut Monsieur le comte de Soissons (1), Messieurs de Villeroy, marquis de Villaines et plusieurs autres sont demeurez davantage blessez. Sa Majesté pour ne se monstrer ingrate envers Dieu qui l'avoit retirée de ce danger, en faveur de toute la France, s'en alla incontinent à l'eglise cathedralle luy rendre actions de grâces. Le peuple entendit comme miraculeusement elle avoit esté sauvée, fit la mesme chose et d'extrème contentement. C'est ce que tous les vrais françois doivent faire, sa vie estant la conservation des nostres et de toute la France (2). »

En novembre 1616, Vignolles reçut la mission d'aller « accommoder les affaires du gouvernement de La Rochelle. » A ce vague renseignement tiré de la *Chronologie historique militaire*, je joindrai celui-ci tiré des *Mémoires de Théodore-Agrippa d'Aubigné* (édition de M. Ludovic Lalanne, p. 131) : On « donna charge à Vignosles, maré-

---

(1) Girard *(Histoire de la vie du duc d'Espernon)* n'a mentionné ni la chute, ni le dévouement de son héros.

(2) L'accident de Tours a été raconté par M. A. Bazin, dans son *Histoire de France sous Louis XIII* (p. 237 du tome II de la seconde édition), d'après la version du *Mercure françois* (t. IV, p. 24). Ce ne fut pas seulement en prose, ce fut encore en vers que l'on célébra la manière providentielle dont la reine avait été sauvée *(ibidem, p. 31)*. Je constate avec étonnement que Vignolles n'est pas même nommé par les rédacteurs du *Mercure*.

chal de l'armée du Roy, » de se rendre auprès de d'Aubigné, et « il le vint donc voir comme amy et comme ayant esté nourry chez le Roy sous luy. » A la faveur de cette vieille amitié, Vignolles put facilement s'assurer de la véritable situation des choses, tant au sujet de La Rochelle, qu'au sujet des deux forteresses de Maillezais et du Doignon dont Agrippa d'Aubigné était le gouverneur, et le rapport adressé par lui à la Cour, à la suite de sa visite, fit momentanément abandonner le projet du siége de la capitale des Protestants (¹).

Le P. Griffet nous rappelle (*Histoire du règne de Louis XIII*, t. I, p. 191-192), que Vignolles accompagna, par ordre « du sieur de Luynes, » aussitôt après le meurtre de Concini (29 avril 1617), l'évêque de Luçon au Conseil, et qu'il servit de médiateur, en ces délicates circonstances, entre deux hommes également avides l'un de garder, l'autre de prendre le pouvoir, Nicolas de Neufville, seigneur de Villeroi, et le futur cardinal de Richelieu (²).

Vignolles devint chevalier des ordres du Roi le 31 décembre 1619. Je ne dirai rien ici des grands services qu'il rendit à la cause royale, en 1621 et en 1622, pendant la guerre de Guyenne, lui-même devant dérouler devant nous le récit des événements auxquels, à cette occasion, il se trouva mêlé.

(¹) Voir les observations dont M. Charles Read a fait précéder, dans le *Bulletin de la Société de l'Histoire du protestantisme français* de janvier 1853 (t. I, p. 385), une *Lettre inédite de Théodore Agrippa d'Aubigné* à Pontchartrain relative à la vente des châteaux de Maillezais et du Doignon. Cette lettre a été reproduite par M. L. Lalanne dans son excellente édition des *Mémoires* de d'Aubigné (à l'*Appendice*, p. 383).

(²) Du Pleix, à qui ces détails sont empruntés (*Histoire de Louis le Juste*, édition de 1654, p. 104), ajoute : « Le mesme Vignoles me racomptant cecy, me disoit qu'il n'avoit jamais veu homme parler au Roy avec plus de bonne grâce et d'asseurance que ce Prelat. »

Après avoir été blessé au siége d'Albias, le 3 août 1621,
comme nous le verrons par ce même récit, Vignolles fut
blessé de nouveau, en 1625, dans une courte et brillante
expédition que Pinard décrit ainsi [1] : « Il conduisit sept
mille hommes au connétable de Lesdiguières. Ils marchè-
rent ensemble à Verüe, forcèrent les meilleurs postes
des Espagnols, emportèrent tous leurs forts en moins de
trois heures, soutinrent le choc de toute l'armée espa-
gnole, firent deux cents prisonniers, et contraignirent les
ennemis de lever le siége le 17 novembre. »

Vignolles fut nommé lieutenant général au gouvernement de Champagne, à la mort du maréchal de Praslin,
le 8 août 1626 ; il obtint, le même jour, le gouvernement
de Sainte-Menehould. Il assista bientôt après au fameux
siége de La Rochelle. Quand Louis XIII vint rejoindre son
armée devant cette ville, une difficulté s'éleva : le duc
d'Angoulême conserverait-il sa qualité de lieutenant général, ou la céderait-il aux maréchaux de Bassompierre et
de Schomberg ? Vignolles fut un de ceux qui cherchèrent
sagement à calmer les passions rivales : ce fut grâce à
l'influence de ses prières, et de celles de Marillac, que
Schomberg ne persista pas dans ses jalouses protesta-
tions [2]. En 1628, Vignolles, achevant ce que le duc
d'Angoulême avait heureusement commencé, étouffa la

[1] Principalement d'après Du Pleix (*Histoire de Louis le Juste,*
p. 280).

[2] Voici les paroles du P. Griffet (t. I, p. 563) : « MM. de
Vignolles et de Marillac travaillèrent pendant toute la nuit à gagner
le maréchal de Schomberg, et ils y réussirent, car le lendemain
13 d'octobre (1627), ce maréchal vint dire au roi qu'il était prêt à
reconnaître M. d'Angoulême pour son collègue dans la lieutenance
générale de l'armée. » Le maréchal de Bassompierre, qui a fourni
au P. Griffet ces renseignements, nous dit (t. III, p. 351) que
Vignolles et Marillac étaient entièrement attachés au parti du duc
d'Angoulême.

naissante révolte du Poitou (¹). Il inspecta ensuite les
ports situés le long de la côte, et fit conduire plusieurs
vaisseaux devant La Rochelle (²). Il fut un des premiers
qui entrèrent, le 30 octobre 1628, dans la ville, enfin soumise (³). Ce fut à lui que l'on confia la tâche d'en détruire
les fortifications (⁴). L'année suivante, il commandait à
La Rochelle et à l'île de Ré. Nous le voyons, en 1630,
aider avec une infatigable ardeur Louis XIII à conquérir
la Savoie, se distinguant surtout à la prise de Chambéry,
de Romilly, à la soumission de la Maurienne. Ce fut dans
cette dernière campagne qu'à la tête d'un corps de troupes séparé de l'armée, il se rendit maître des places de
Miolens et de Montmélian (⁵).

(¹) Du Pleix, *Histoire de Louis le Juste*, p. 328.

(²) Bassompierre nomme souvent Vignolles dans la partie de ses
Mémoires relative au siége de La Rochelle. Par exemple : « Le lundi
vingtième (décembre), comme j'estois au fort de la Fons, messieurs
d'Angoulême, Schomberg, Vignoles et Marillac, m'y vinrent voir, et
allèrent reconnaître le lieu où ils voulurent faire le fort de Beaulieu. »
(T. III, p. 383). — « Le lundi 28e (août), je fis festin à MM. de
Schomberg, Vignole, Marillac, etc. » (*Ibidem*, p. 441). — « Le ven-
dredi 15e (septembre), je fis faire la montre aux Suisses entre le quartier d'Estré et le mien. Messieurs d'Angoulême, d'Alais, de Schomberg,
Vignoles, St Chaumont et Thoiras y vinrent. Je fis faire diverses évo-
lutions et ordres qu'ils trouvèrent fort beaux.... » (*Ibid.*, p. 443.)

(³) « Le 30 d'octobre, le duc d'Angoulême, le maréchal de Schomberg, les sieurs de Vignoles, du Hallier, de Saint-Chaumont et de
Marillac, entrèrent à six heures du matin dans la ville de La Rochelle.... » (Griffet, t. I, p. 616).

(⁴) Du Pleix, p. 338. — Il ne me semble pas que le P. Arcère ait
une seule fois parlé de Vignolles dans son *Histoire de la ville de La
Rochelle* (1756, 2 vol. in-4°).

(⁵) Cette dernière place capitula le 18 juin. Voir Du Pleix, p. 383. Je
lis un peu plus loin (p. 399) : « Les sieurs de Vignoles, du Plessis-
Bezançon marchoient à la tête de l'armée avec deux cens mousquetaires, pour soutenir ceux qui travailloient à ouvrir, esplanir et
eslargir les chemins, afin que l'armée peût mieux garder son ordon-
nance. »

BIBLIOTHÈQUE IMPÉRIALE IMPÉR.

Au combattant succéda le négociateur. Deux lettres du maréchal de La Force au roi, du 23 janvier et du 13 février 1631, imprimées à la suite des *Mémoires* (t. IV, p. 334 et 341), nous montrent, en effet, Vignolles défendant de sa parole auprès du duc de Savoie, comme envoyé du maréchal, ces mêmes intérêts français qu'il venait de si bien défendre de son épée (¹).

Nommé, par commission du 12 avril 1632, pour commander en l'absence du prince de Condé en Nivernois, Berry, Bourbonnois, Touraine, Poitou, Aunis, Saintonge, Angoumois, Haute et basse Marche, Haute et basse Auvergne, Vignolles alla rejoindre l'armée du Languedoc placée sous les ordres des maréchaux de Vitry et de Chatillon, prit part à l'attaque du château de Beaucaire, qui se rendit le 6 septembre (²), puis (en 1635) il apporta le concours de sa vieille expérience et de sa juvénile valeur au maréchal de Chaulnes assiégeant et prenant, en Picardie, une foule de villes et de châteaux; enfin, au mois de janvier 1636, il défit dans la même province une troupe de quatre cents Irlandais, fut créé, le 7 juillet, lieutenant général des armées du roi, acheva la campagne en cette qualité, et mourut à Péronne, le 5 octobre suivant, âgé de soixante-onze ans, et ayant, pour ainsi dire, consacré au noble métier des armes son existence tout entière.

Du Pleix, qui l'avait beaucoup connu, a retracé ainsi son éloge (*Histoire de Louis-le-Juste*, 2ᵉ partie, p. 84) : « Deux braves et excellens capitaines françois passèrent

(¹) Le maréchal connaissait Vignolles depuis longtemps. Il lui avait confié, pour la remettre à Lesdiguières, une lettre écrite à Pau, le 19 septembre 1618 (*Mémoires*, t. II, p. 468). Mais c'était surtout comme adversaire, et des plus redoutables, qu'il l'avait connu pendant la guerre de Guyenne.

(²) Sur le siège du château de Beaucaire, voir dom Vaissète, *Hist. du Languedoc*, édit. in-fol., t. V, p. 585-591.

cette année de ce monde en l'autre : l'un fut le mareschal
de Toiras..... (¹), l'autre fut le marquis de Vignoles, chevalier des deux ordres de Sa Majesté, lieutenant du Roy
en Champagne, et le plus ancien mareschal de camp de
ses armées, qui mourut de dysenterie à Péronne, le
5 d'octobre, en l'âge de soixante-onze ans. Il s'estoit
nourry continuellement dès l'âge de quatorze ans dans
les armes. On n'a pas sçeu par quelle disgrâce il n'a pas
esté honoré du baston de mareschal de France, tous ceux
qui avoient cognoissance de sa vertu luy en attribuant le
mérite. S'il falloit adjouster le lustre de ses ancêtres à la
splendeur de sa vertu, il descendit de ce brave **La Hire**
qui servit si valeureusement et si fidèlement le roy
Charles VII. Il n'a laissé qu'une fille mariée au marquis
d'Ambres et de Leberon, qui, après son bon père, a perdu
son cher espoux (²). »

D'après l'*Histoire généalogique des grands officiers de la
couronne*, quand Vignolles commença à porter les armes,
il faisait profession de la Religion prétendue Réformée,
qu'il abjura dans la suite. MM. Haag n'ont pu savoir s'il
était protestant de naissance et n'ont pu préciser l'époque
où il devint catholique. « Nous ignorons, disent-ils, s'il
fut élevé dans la religion protestante; mais, dès 1585,
nous le trouvons dans les rangs huguenots. Son attache-
ment à la religion protestante commença dès lors (dès
1598) à être suspect. Le 7 janvier 1598, l'Assemblée

(¹) Le *Mercure françois* (t. XXI, ann. 1635, 1636 et 1637) consacre
un article nécrologique au maréchal de Toiras (p. 287), mais il ne dit
absolument rien de la mort de Vignolles. Dans le tome précédent
(p. 4), on avait mentionné la présence du marquis de Vignolles, ainsi
que celle du marquis de Sourdis et d'autres chevaliers de l'ordre, à
la séance du roi au Parlement de Paris (18 janvier 1634).

(²) Elle ne survécut pas moins de trente-sept ans à ce *cher époux*
et mourut plus qu'octogénaire.

politique lui avait fait écrire de ne pas séparer ses intérêts
de ceux des églises. Nous n'avons pourtant aucune preuve
que Vignolles se soit converti avant son mariage. Peut-
être même n'abjura-t-il que quelques années plus tard.
Tout ce que nous pouvons affirmer à ce sujet, c'est qu'il
était catholique en 1610, quoiqu'il n'eût pas encore été
remplacé dans le commandement de Tartas, place de
sûreté (Fonds-Brienne, vol. CCX). » Les doctes auteurs
de la *France protestante* ne paraissent pas avoir connu
cette note de Le Duchat sur un passage de la *Confession
de Sancy* relatif à la conversion de Vignolles [1] : « Au
temps dont parle cet endroit du Dialogue, Marguerite de
Balaguier était veuve du petit-fils du maréchal de Monluc.
Vignolles, qui était huguenot, voyant cette veuve qui
était catholique, se fit catholique, et il y a de l'apparence
que ce fut pour lui plaire, puisque, dans la suite, il épousa
cette personne, chez qui *Mathurine* et *Du Perron* le jeune
allaient faire leurs leçons de controverse [2]. »

Ce fut une douzaine d'années avant sa mort que Bertrand de Vignolles rédigea l'histoire des combats dont la
Guyenne fut le théâtre en 1621 et 1622. Tout contribue
à rendre cette histoire précieuse, le nom de l'écrivain,

[1] D'Aubigné, dans son âpre pamphlet, a nommé plusieurs fois le
baron de Vignolles. On trouvera la note de Le Duchat à la page 347
de l'édition donnée par cet érudit de la *Confession de Sancy*, dans le
t. V du *Journal de Henri III* (1744).

[2] Le Duchat renvoie à ses observations sur les épîtres de Rabe-
lais, p. 4 et 5. On voit que pour l'habile commentateur la conversion
de Vignolles est antérieure à son mariage (septembre 1604). J'aime
mieux croire, avec Le Duchat, aux amollissantes influences de l'a-
mour qu'à je ne sais quel odieux échange que, selon MM. Haag,
Vignolles aurait fait de sa croyance contre un brevet de conseiller
d'État et de capitaine de cent hommes d'armes. N'admettons pas
facilement l'existence de semblables trafics, alors surtout que toute
une vie d'honnêteté les rend invraisemblables.

l'extrême confiance que cet écrivain mérite soit par la
loyauté de son caractère, soit par l'exactitude de ses
informations, les détails qu'il nous fournit, avec l'autorité
du témoin qui a bien vu, et à peu près seul dans ces
conditions, sur les guerres civiles de 1621 et de 1622, la
manière si remarquable dont il apprécie les hommes qui
figurèrent, à divers titres, parmi ces tristes luttes, enfin
la parfaite netteté et la simplicité vraiment antique des
pages tracées par sa vaillante main. Les qualités si nombreuses qui recommandent les *Mémoires* de Vignolles, et
qui leur assurent un rang des plus distingués dans notre
littérature militaire, furent grandement goûtées pendant la
première moitié du XVIIe siècle. L'illustre Besly, dont nul
érudit ne doit prononcer le nom sans un profond sentiment
de respect et de reconnaissance, ne fit que devancer l'expression de l'opinion générale, quand il rendit si bien
hommage à leur mérite en tête de l'édition qu'il tint à en
donner lui-même (1624) [1]. Il fallut bientôt (1629) offrir
au public une nouvelle édition [2]. Puis, plus d'un siècle
s'écoule sans que l'attention du monde lettré soit rame-
née sur cet opuscule. En 1759 seulement, le marquis
d'Aubais le réimprime dans le tome II [3] des *Pièces fugi-*

[1] *Mémoires des choses passées en Guyenne és années 1621 et 1622 sous
Messieurs les ducs de Mayenne et d'Elbeuf. Dédiez a Monsieur de Vignoles.
A Nyort*, par Jean Moussat, devant la maison de ville, MDCXXIV. In-8°.

[2] Même titre. A La Rochelle, par Adrian Tiffaine et Louys Ches-
neau, imprimeurs et libraires. MDCXXIX. La *Bibliothèque historique de
la France* (t. II, p. 435, n° 21077) attribue à cette seconde édition le
même format qu'à la première. N'ayant pas vu la première, je n'en
puis parler; mais j'ai vu la seconde (Bibliothèque impériale, $\frac{36\,b}{1992}$),
et j'affirme que c'est un in-quarto de 62 pages.

[3] Et non dans le tome III, comme l'indiquent les rédacteurs de la
Bibliothèque historique de la France, qui oublient que le recueil ne se
compose que de deux tomes en trois parties, le premier tome étant
formé de deux parties et le second tome d'une seule.

tives pour servir à l'Histoire de France. Voici en quels termes il le présente à ses lecteurs : « Les Mémoires de Bertrand de Vignolles, dit La Hire, sur la guerre qu'il fit en Guienne les cinq premiers mois de l'an 1621 (¹), sont d'autant plus estimables que le capitaine écrit lui-même ses propres actions. Quoique imprimé ce morceau est très rare (²), et l'on a cru qu'il ne pouvait estre mieux placé que dans le volume où entrent les Mémoires du baron d'Ambres (³). »

Le moment me semble venu de publier une quatrième édition de la relation de Bertrand de Vignolles. Les deux premières sont réellement introuvables, et il n'est pas facile de se procurer la troisième, le prix du recueil auquel le nom du marquis d'Aubais est attaché s'élevant toujours davantage et dépassant aujourd'hui, dans les catalogues de vente, la somme de cent cinquante francs (⁴).

(¹) Ceci est doublement inexact : Vignolles fit la guerre en Guyenne jusqu'au commencement du mois d'août de l'année 1621, ce qui dépasse un peu les cinq premiers mois de l'année, et il ne la fit presque pas pendant ces cinq premiers mois, car sauf la rapide expédition du Béarn, qui eut lieu au printemps, la paix ne fut troublée qu'au commencement de juin par la prise de Nérac. De plus, pourquoi ne parler que de 1621, quand les *Mémoires* de Vignolles, loin de n'embrasser que les événements de cette année, roulent aussi sur ceux de l'année 1622 ?

(²) On lit aussi dans la *Bibliothèque historique de la France* (à l'endroit déjà cité) : « Ces mémoires, qui sont fort estimés, étaient devenus rares. » Malgré cette rareté, très grande au XVIIIᵉ siècle, et, de nos jours, excessive, le *Manuel du Libraire* n'a mentionné ni l'édition de 1624, ni celle de 1629.

(³) Les *Mémoires du baron d'Ambres sur les guerres de la Ligue en Languedoc* occupent cinquante-six pages dans le tome II. Lysander de Gelas, marquis de Leberon, baron d'Ambres, etc., capitaine de cinquante hommes d'armes des ordonnances du roi et maréchal de ses camps et armées, fut le beau-père de Suzanne de Vignolles.

(⁴) Il y a quelques années, le recueil se vendait, en moyenne, une soixantaine de francs. Voir le *Manuel du Libraire*, au mot *Ménard*.

D'ailleurs, cette troisième édition laisse beaucoup à désirer. L'orthographe de 1624 n'a nullement été respectée, de fausses leçons ont été admises dans le texte, quelques passages ont été intervertis, d'autres passages ont été supprimés, en un mot ceux qui n'ont lu les *Mémoires* de Vignolles que dans les *Pièces fugitives*, les connaissent imparfaitement. C'est donc faire œuvre utile que de mettre entre les mains des lecteurs délicats une fidèle reproduction des éditions publiées du vivant de l'auteur. Il m'a été impossible, il est vrai, de rencontrer nulle part un exemplaire de 1624, mais je me suis consolé de ce mécompte, en me persuadant que la première et la seconde édition étaient, pour ainsi dire, une seule et même édition publiée en des lieux différents. J'ai eu d'autant plus le droit de considérer comme représentant l'édition originale le volume qui parut à La Rochelle, que ce volume a été imprimé sous les yeux de l'auteur, lequel, comme nous l'avons vu, commandait, en 1629, dans la capitale de l'Aunis. Il serait même peut-être permis de soutenir que l'édition de 1629, à peu près irréprochable au point de vue typographique, et qui semble garder en toutes ses pages la trace de cette paternelle révision dont rien n'égale l'efficacité, doit être préférée à une première édition où le plus vigilant imprimeur laisse fatalement, en quelque sorte, se glisser un certain nombre de fautes. Quoi qu'il en soit, le département des manuscrits de la Bibliothèque impériale possédant une ancienne copie très bien faite en général des *Mémoires des choses passées en Guyenne* (1), j'ai pris le soin de la rap-

---

(1) Fonds français, n° 18751, *olim* Saint-Germain français, n° 1064. Le titre est celui-ci : *Mémoires de M. de Vignolles touchant les affaires de Guyenne de 1621 et 1622.* Ce manuscrit (in-folio) faisait partie de l'admirable collection du chancelier Séguier.

procher du texte de 1629, et j'ai eu fort peu de variantes
à relever. J'en ai recueilli, au contraire, une assez grande
quantité, en confrontant le même texte avec la version
du marquis d'Aubais. Si je me suis servi de quelques-unes
des notes de ce dernier (¹), j'ai cru devoir en ajouter
beaucoup d'autres, afin qu'autour des récits de Bertrand
de Vignolles, le lecteur trouvât tout ce qui pouvait le
plus, à mon avis, les éclairer et les compléter. Quand il
s'agit de notes, la prodigalité vaut mieux que la parci-
monie, et c'est en pareil cas, ce me semble, que l'on est
autorisé à répéter le joli vers du *Mondain* :

Le superflu, chose bien nécessaire !

(¹) L'édition de 1629 est entièrement dépourvue de notes.

ÉPITRE DÉDICATOIRE

A très vertueux et généreux seigneur, messire Bertrand de Vignoles-La Hire (¹), *chevalier des ordres du roy, conseiller en ses conseils d'estat et privé, capitaine de cent hommes d'armes de ses ordonnances, et maréchal de ses camps et armées.*

Monsieur, il est tombé en mes mains un manuscript qui a esté pris dans vostre cabinet, dont je sçay que vous avez eu un extrême desplaisir : je l'ay trouvé si rayé et si raturé, que j'ai pensé de vous le faire voir plus au net et plus lisible. Je le vous offre donc, et vous donne de vos biens les plus légitimes que vous ayez : ce sont vos soins, vos veilles, et vos labeurs, que vous avez si franchement donnez à vostre roy, et à vostre pays. La Guyenne vous porte ce tesmoignage en ces derniers temps, et tous les endroits de la France depuis quarante-cinq années, que vous avez esté, pour son service et de vos Rois, plus libéral de vostre sang et de vostre vie, qu'ils ne l'ont esté à vos services de leurs bienfaits et de leurs récompenses ; mais vous avez une vertu si pure, qu'elle mesme est vostre satisfaction ; et j'ay à cette vertu une si particu-

---

(¹) L'édition de 1629 ne donne jamais les deux *l* au nom de l'auteur des *Mémoires*, mais le manuscrit 18751, au contraire, les lui donne constamment. D'Aubais adopte les deux *l*, d'accord en cela avec presque tout le monde. Je conserve, dans l'épître dédicatoire de Besly, la forme préférée par ce grand érudit ; dans le texte, je m'en tiendrai à l'orthographe usuelle.

lière affection, qu'ayant dans ce petit traité reconnu, et vostre main et vostre style, je me suis hazardé sous telle précaution de le faire voir à tous. Ceux de vostre mestier y profiteront, Monsieur, et ceux du nostre avoueront que jamais (¹) si bonne plume n'a esté compagne (²) d'une si bonne espée, et que si le siècle vous est ingrat, vous ne l'estes point à la valeur des gens de bien; car je voy que vous n'ostez rien à personne; et néantmoins l'injustice du siècle, et surtout le *Mercure françois*, vous oste ce qui vous appartient (³). Pour le faire rougir donc, j'ay fait imprimer vostre manuscrit que vous aurez, s'il vous plaist, agréable, de cette mesme main qu'il vous fut desrobé. Cet honneste larron vous supplie très humblement de le pardonner, et de croire qu'il ne l'a esté que pour le service du public, et pour le vostre particulier.

BESLY

A LUY-MESMES.

Pourquoi ne croira-t-on ce que l'antiquité
D'un Gérion tripl' homme en ses vers a chanté,
Puisque Vignolle ici, sous sa seule figure,
Fait voir un triple dieu, Mars, Minerve et Mercure?

(¹) Je ne sais pourquoi d'Aubais a remplacé *jamais* par *en nos siècles*.

(²) D'Aubais a imprimé : *n'a esté accompagnée*.

(³) On se souvient du silence injurieux gardé par le *Mercure* sur le sang-froid et le dévouement dont Vignolles fit preuve le jour de l'accident de Tours, ainsi que sur l'ensemble de sa vie à l'occasion de sa mort. Une seule fois, si je ne me trompe, le *Mercure* s'est montré juste à l'égard de Vignolles, c'est quand il a ainsi apprécié la belle conduite de cet officier au siège de Tonneins : « Le sieur de Vignolles, quoyqu'incommodé d'un bras, combattit, et fit très bien la charge du premier maréchal-de-camp. »

AU MESME.

ODE PINDARIQUE (¹).

STROPHE I.

Toujours Bellone au front sévère
Ne jonche nos plaines de morts,
Toujours ne durent les efforts
Du dieu que la Thrace révère :
Et bien que les guérets pestris
Du sang des gendarmes meurtris
Se soient engressez du carnage,
Après la civile fureur,
Que la paix succède à l'orage,
Ils souffrent le soc laboureur.

ANTISTROPHE.

Chaque temps a son exercice,
Et parmy nos jours inconstans
Nos travaux et nos passe-temps
Ne nous tiennent en mesme office :
Après la guerre et les combats,
La paix nous fournit ses esbats ;
Et plus douce est la solitude
A qui sçait en gouster le fruit,
Lorsqu'on vient du camp à l'estude,
Rompu du travail et du bruit.

ÉPODE.

Les neuf filles de mémoire
Que chérissent les guerriers.

(¹) D'Aubais a supprimé ce morceau, que l'on ne sera pas fâché, je
l'espère, de trouver ici. Sans doute, l'ode du sieur Colardeau n'a de
pindarique, à tout prendre, que son titre ; mais, poésie à part, elle
nous offre un éloge de Vignolles, envisagé à la fois comme guerrier
et comme écrivain, qui est trop curieux pour ne pas mériter de revoir
le jour.

Donnent après la victoire
Les palmes et les lauriers ;
Ouvrans leurs sainctes fontaines
Aux plus braves capitaines,
Et les plongeans jusqu'au fond,
Des claires eaux de Parnasse,
Essuyent la belle crasse
Que Mars a mis sur leur front.

STROPHE II.

Ainsi le prince de Larisse
Trouvoit remède à ses ennuis,
Alors que la trève ou les nuits
Le forçoient de quitter la lice,
Où son courage de lyon
Vengeoit sur l'orgueil d'Ilion
De Grèce la juste querelle ;
Sa lire, par les doux accens
D'une mignarde chanterelle,
Luy charmoit le cœur par les sens.

ANTISTROPHE.

Ainsi d'un esprit bien plus libre
Le chef et l'honneur des Césars
Qui, par ses prospères hasars,
Rengea l'Océan sous le Tybre,
Dans le silence de la paix
D'un style durable à jamais,
Grava luy-mesmes ses victoires :
Puissant en armes et en loix,
Sans vouloir commettre aux histoires
Le jugement de ses exploits.

EPODE.

De mesme ce grand Vignoles,
Bien que de gloire remply,
Veut que l'art et les paroles
Tirent son nom de l'oubly :

Son génie a cette grace
Qu'il ne dit rien qu'il ne face :
Et d'un clair entendement
Tout ce que fait son courage,
L'esprit d'un libre langage
L'exprime facilement.

STROPHE III.

Les périodes les plus belles
Dont il enrichit son papier,
Sa main d'un fort style d'acier
Sur le dos des trouppes rebelles
(Que la frayeur met hors de rang)
Les trace d'un ancre de sang :
Guyenne qui porte la marque
Que sa révolte a mérité,
Montre que ce grand Polémarque
Ne dit que trop la vérité.

ANTISTROPHE.

Les victoires et les trophées
Prenent et finissent leur cours ;
Par la longue suite des jours
Toutes choses sont estouffées :
Le plus superbe monument
Se peut dissoudre en un moment :
Qui pourroit montrer les images
Et les reliques des autels
Où ce Romain eut des hommages
Pareils a ceux des immortels ?

ÉPODE.

Le seul secours de la plume
Trompe l'aage injurieux,
Descrivant en un volume
Les actes les plus glorieux :
C'est la plume qui dispense

L'honneur et la récompense
Aux héroyques exploits ;
C'est elle qui nous fait lire
Les vaillances de La Hire,
Nom qui fait peur aux Anglois.

STROPHE IV.

Ce jeune monarque de Grèce,
Dont l'ambitieux appétit
Trouva le monde trop petit ;
Parmy la pompe et l'alégresse
De ses gestes plus valeureux
Luy seul s'estimoit malheureux,
Donnant des pleurs à sa misère,
De ce qu'en tout son univers
Il ne rencontroit un Homère
Qui le pust despindre en ses vers.

ANTISTROPHE.

Louys, Dieu donne a tes mérites
Ce qu'un autre affectoit en vain,
Par un si vaillant escrivain :
Lisant tes victoires descrites
Loue ce grand moteur des cieux,
Qu'entre tant de dons précieux
Que sur toy sa grace distille,
Pour ta gloire et pour ton support
Vignoles te serve d'Achille,
Et d'Homère contre la mort.

EPODE.

Et toy guerrier indomptable,
A qui Mars cède le prix,
Tu n'est pas plus redevable
A tes faits qu'à tes escrits :
Leur éternelle durée
Contre le temps remparée

S'yra toujours conservant,
Sans craindre qu'elle s'oublie,
Puisqu'elle est ensevelie
Dans un sépulchre vivant.

COLARDEAU [1].

[1] Voir sur Colardeau (Julien), né à Fontenay-le-Comte, en Poitou, mort le 30 mars 1669, après avoir été procureur du roi au présidial de sa ville natale, Dreux du Radier (*Bibliothèque historique et critique du Poitou*; 1754, 5 vol. in-12). On a de ce poète-magistrat divers opuscules devenus rares et qui ne figurent point dans le *Manuel du Libraire*, par exemple, un poème satirique (en latin) contre les bals et les mascarades (Paris, 1619, in-8°), un poème sur les *Victoires de Louis XIII* (Paris, 1630, in-8°), un autre poème renfermant la *Description du château de Richelieu* (Paris, 1643, in-8°). Citons encore de lui une ode sur le vaisseau le *Grand-Armand*, dans la première partie du recueil de Boisrobert : *Le Sacrifice des Muses au grand cardinal de Richelieu* (Paris, Séb. Cramoisy, 1635, in-4°).

MÉMOIRES

DES

CHOSES PASSÉES EN GUYENNE

(1621-1622)

RÉDIGÉS

PAR BERTRAND DE VIGNOLLES

AFFAIRES DE GUYENNE

AN 1621

Le roy, pour remédier à ceste province plus malade
que nulle de son royaume, par les licences (et l'on peut
dire désobéissances) de ses subjects de la religion prétendue réformée, y avoit laissé son armée, à son retour
de Béarn (¹), sous la conduite de Contenant (²), mares-

(¹) A la fin d'octobre 1620. Louis XIII rentra à Paris le 7 novembre.

(²) Henry *de Bauves*, selon Pinard, *Des Boves*, selon d'Aubais, baron
de Contenant. Il commanda, nous dit le premier, la compagnie des
chevau-légers du roi à l'armée du maréchal de Bois-Dauphin, en 1615,
et sous le duc de Guise au voyage de Guyenne, en 1616. Maréchal de
camp par brevet du 10 mars 1617, il servit au siége de Pierrefond et
à celui de Soissons. On le retrouve ensuite, ajoute Pinard, aux siéges
de Nérac, de Caumont, de Montauban, de Tonneins, de Saint-Antonin,
de Montpellier, de La Rochelle. Pinard a oublié de signaler la présence de Contenant devant Saint-Jean-d'Angély, où, d'après le P.
Griffet (t. I, p. 291), « les quatre maréchaux de camp étaient messieurs Arnaud, de Contenan, de Thermes et de La Rochefoucault. »

chal de camp, lequel dès le mois de febvrier mil six cens
vingt-et-un fut rappellé ([1]) près de Sa Majesté, et Vignolles,
aussi mareschal de camp, envoyé pour la commander, et
la tenir aux garnisons qu'il jugeroit le plus à propos pour
le dessein de Sa Majesté, quy n'estoit que d'empescher,
ou par la crainte de ses armes, ou par la bonne conduicte
de celuy quy les commanderoit, que le désordre ne pas-
sast jusques à la rébellion manifeste. Cette armée estoit
composée de quatre-vingts compagnies des régiments de
Picardie, Piedmont, Navarre, Normandie, Chappes et
Lauzières; des compagnies de chevaux-legers du Roy, de
M. le Prince, des ducs de Chevreuse, d'Angoulesme, de
Sainct-Paul, d'Elbeuf, et de Verneuil.

Les trois premiers mois se passèrent, d'un costé en
jalousies et soins de tenir les choses en estat et en l'auc-
thorité de Sa Majesté, sans rien altérer; et de l'autre en
brigues, praticques, secrets enroolemens ([2]) de gens de
guerre, fortifficafions de places, et autres choses semblables. Durant ce temps, ne s'entreprit que l'expédition
de Béarn, qui fut commise au duc d'Espernon, sur les
mauvaises satisfactions que le Roy eut du sieur de La
Force ([3]); à quoy furent employez du corps de cette

([1]) *Appellé* (d'Aubais).

([2]) Une malencontreuse virgule a séparé, dans l'édition de d'Aubais,
l'épithète *secrets* du mot *enroollements*, de manière à changer cette
épithète en un substantif.

([3]) Sur cette facile espédition, on peut consulter l'*Histoire de la vie
du duc d'Espernon*, par Girard (édition déjà citée, p. 355-359). Ce pané-
gyriste, exclusivement occupé de la gloire de son héros, parle à peine
de Vignolles. Malingre (*Histoire de la rébellion excitée en France*, etc.,
Paris, 1622, in-8°, t. I, p. 124) nomme, au contraire, toujours Vignolles à côté du duc d'Espernon, et semble, dans tout le cours de
son récit, leur décerner le premier prix d'activité *ex æquo*. On trouvera peu de détails sur l'excursion du duc d'Espernon et de Vignolles
en Béarn dans les *Mémoires* du duc de La Force (t. II, p. 124-128). Le

armée, par commandement de Sa Majesté, quatorze ou quinze cens hommes de pied et deux cens bons chevaux. Ce service, mesnagé par un bon serviteur, fut bien tost faict (¹), et ces troupes bien tost remises entre les mains de leur mareschal de camp, desquelles le Roy retira sur la my-may, soixante compagnies de gens de pied, pour servir au siége de Saint-Jean-d'Angély (²), et luy laissa pour tout dix compagnies de Picardie, dix de Piedmont, et quatre de gens de cheval.

Le premier ou second de juin (³), les duc de Rohan (⁴)

chef des protestants écrivait de Pau, le 1ᵉʳ avril 1621, à un de ses amis (*ibidem*, p. 529) : « Je viens d'être averti que M. de Vignoles a mandé toutes les compagnies de cavalerie qui sont en Guyenne, et les fait approcher près de lui à Marmande ; que le bruit est qu'il s'en vient à nous... » Déjà, le 6 mars précédent, le cinquième fils de La Force, Pierre de Caumont, baron d'Eymet, avait écrit, de Tonneins, à sa mère (*ibidem*, p. 523) : « M. de Vignoles va à La Linde faire faire montre aux compagnies qui sont là, et m'a-t-on assuré qu'il les feroit venir en ces quartiers... » Je ne dois pas oublier d'indiquer une brochure anonyme intitulée : *Les Exploits de guerre faits par M. le duc d'Espernon dans le pays de Béarn*, etc. (Paris, P. Rocolet, 1621, in-8°), et l'ouvrage du P. Mirasson : *Histoire des troubles du Béarn au sujet de la religion dans le XVIIᵉ siècle, avec des notes historiques et critiques* (Paris, 1768, in-12).

(¹) « En moins de deux mois, dit le P. Griffet (t. I, p. 479), toute la province fut soumise. »

(²) Le siège de Saint-Jean-d'Angély fut commencé le 16 mai, jour où le comte d'Auriac investit la place avec quatre mille hommes. Louis XIII arriva le 31 mai devant cette place, qui se rendit le 24 juin. Le Catalogue des imprimés de la Bibliothèque impériale (t. I) n'indique pas moins de vingt-quatre relations du siège et de la prise de Saint-Jean-d'Angély (L B 36, n° 1646, 1647, etc., jusqu'à 1684.)

(³) Malingre (*Histoire de la Rébellion*, etc., t. I, p. 352) déclare que ce fut le 3 juin que Rohan fut « accueilli à Nérac comme un roi. »

(⁴) D'Aubais a eu le tort d'imprimer : *les ducs* de Rohan et de La Force. Ne savait-il donc pas que Vignolles n'avait pu donner au compagnon de Rohan le titre de duc, la terre de La Force n'ayant été érigée en duché-pairie qu'en 1637 ?

et sieur de La Force se saisirent de Nérac, en tirèrent la
Chambre de justice (¹), et outre les habitants qui sont
en nombre, et naturellement gens de guerre (²), y laissèrent quatre compagnies en garnison (³). Et s'en retour-
nant tous deux à Thoneins (⁴), Vignolles quy s'estoit
advancé jusques à Damazan (⁵) avec soixante salades (⁶),
pour prendre langue de l'affaire de Nérac, eut advis de

(¹) La chambre de l'Édit était alors présidée par François de Pichon,
chevalier, seigneur de Carriet, Muscadet, Le Caillau, mort en janvier 1648, second président au Parlement de Bordeaux. Voir sur ce
magistrat, O'Gilvy, *Nobiliaire de Guienne et de Gascogne* (t. II, p. 70,
71). On lit dans les *Mémoires* de Rohan (édition de 1736, t. I, p. 133)
« qu'il fallut ôter » de Nérac la chambre » pour s'assurer du château
où se faisoit la justice, et où le président catholique romain logeoit,
lequel, après plusieurs contestations, se retira avec un gentilhomme
que lui donna le duc de Rohan pour l'accompagner en sûreté jusqu'à
Marmande. »

(²) Scipion Du Pleix (*Histoire de Louis le Juste*, 1654, p. 174) dit
aussi que les habitants de Nérac « ayant exercé la milice sous le roy
Henry le Grand n'étant que roy de Navarre, s'étaient si bien aguerris,
qu'ils pouvaient fournir plus grand nombre d'hommes de commandement, et de bons soldats, que ville du royaume. » Du Pleix ajoute :
« Le duc de Rohan et La Force y ayant donc fait pratiquer le peuple
par les ministres, s'y présentèrent, et y furent reçus dedans, nonobstant l'opposition des plus sages, et contre le serment qu'ils venaient
de faire dans la maison de ville, à M. Jean Loyac, conseiller au Parlement de Bordeaux, commissaire en ladite chambre : lequel par ses
belles remontrances leur avait fait quitter les armes, jurer et pro-
mettre de ne recevoir point le duc de Rohan... »

(³) Malingre (t. I, p. 299) parle d'une garnison de six cents hommes.
Il nous apprend, au même endroit, que les troupes à l'aide desquelles
Rohan s'assura de la ville de Nérac lui avaient été amenées par le
marquis de Malause, les sieurs de S. Rôme, de S. Amans et autres
rebelles.

(⁴) Tonneins, ville dont La Force était seigneur en partie, et qui,
dans les guerres de religion de l'Agenais, servit si souvent de quartier
général aux soldats protestants, est à trente kilomètres environ de
Nérac.

(⁵) Damazan est à vingt-deux kilomètres de Nérac.

(⁶) D'Abais a substitué le mot *soldats* au mot *salades*.

leur passage, se met au galop sur leur piste, et en
bonne intention de les charger, les joint à demi-lieue de
Monheurt (1), où celuy quy menoit ses coureurs, avec
ordre de les engager, fut si froid à les charger, qu'ils
eurent moyen de mettre de grands fossez bordez de fortes
hayes (2) (dont le pays est plein) entre luy et eux,
à la faveur desquels et de quelque infanterie sortie de
Monheurt, ils se retirèrent avec quarante maistres et
soixante mousquetaires à cheval, qu'ils firent mettre pied
à terre, et s'en servirent si bien à leur retraicte, qu'ils se
firent laisser : et de la largeur des chemins où les chevaux
ne pouvoyent passer, luy blessèrent quatre ou cinq gentilshommes (3).

La perte de Nerac arrive à Bourdeaux d'un costé,
comme le duc de Mayenne y arrivoit de l'autre, lequel
rentré dans les bonnes graces du Roy (4), venoit servir

(1) Monheurt est un petit village du canton de Damazan, situé à
sept kilomètres de cette dernière ville et à pareille distance à peu
près de la ville de Tonneins.

(2) D'Aubais a mis *hautes* là où Vignolles avait mis *fortes*. Du Pleix,
qui suit la relation de Vignolles, dit commes lui : *fortes haies*.

(3) Voir un récit plus développé dans les *Mémoires* du duc de
Rohan (t. I, p. 133 et 134), et surtout dans les *Mémoires* du duc de
La Force (t. II, p. 133-137). De ce dernier récit il faut rapprocher une
lettre d'Armand de Caumont, baron, puis marquis de La Force, fils
aîné de l'auteur des *Mémoires*, lettre écrite à la marquise de La Force
le soir même de l'affaire (5 juin), et lorsqu'à peine il était arrivé à
Tonneins. Rohan accuse l'ingrat président Pichon d'avoir averti
Vignolles. La Force prétend que « plusieurs ont eu l'opinion » que la
tentative avait été faite sur un avis reçu du traître Arnaud d'Esco-
déca, baron de Boisse de Pardaillan.

(4) Henry de Lorraine, duc de Mayenne, jaloux de l'influence de
Luynes, était entré (1620), avec plusieurs autres grands seigneurs
mécontents, dans une sorte de ligue à la tête de laquelle se trouvait
la reine-mère, ligue qui fut presque aussi inoffensive qu'avait été
dangereuse celle dont Charles de Lorraine, le père de Henry, avait
été le chef.

dans son gouvernement ([1]) : il prend cette occasion, et
le même jour sur le soir ([2]) part avec quatre gentilshommes ([3]), s'en vint à Cadillac, confère avec le duc d'Espernon, et assigne au lendemain Vignolles quy estoit à
Marmande, de le voir à La Réole : là fut conclud d'attaquer
Nérac tout chaudement. Le duc de Mayenne vint à Marmande ([4]), où il distribua les commissions de six régimens et six compagnies de chevaux legers que le roy luy
avoit ordonnez, convie les mareschaux de Rocquelaure ([5])
et d'Aubeterre ([6]), les seigneurs de Gascongne, et la
noblesse de tous costez. Vignolles cependant donne rendez-vous aux trouppes de pied et de cheval qui luy
estoyent restées, prend Laverdac ([7]) et les tours de Bar-

([1]) La *Chronique Bourdeloise* n'a pas indiqué la date du retour du
duc de Mayenne dans son gouvernement. Tout ce que cette chronique dit de lui à l'année 1621 (p. 5 de la continuation, édition in-4°
de 1703), le voici : « Le seigneur duc du Maine a esté tué au siège de
Montauban, au grand regret des habitans de la province, et particu-
lièrement de cette ville. »

([2]) A onze heures du soir, suivant Malingre (p. 356). Du Pleix (p. 175)
le montre « affligé d'une fièvre quarte, » se levant du lit, « la colère
réveillant ses forces. »

([3]) Avec sa maison et dix ou douze gentilshommes, dit Du Pleix
(p. 175).

([4]) Il y trouva les commissaires catholiques de la chambre de l'Édit
(Malingre, p. 356).

([5]) Le maréchal Antoine de Roquelaure, qui avait déjà près de
quatre-vingts ans (il mourut le 9 juin 1625, âgé de quatre-vingt-un
ans et trois mois), se trouvait en ce moment à Condom (Du Pleix,
p. 175).

([6]) Le maréchal d'Aubeterre (François d'Esparbès de Lussan), gouverneur de Blaye, sénéchal d'Agenais et de Condomois, était alors,
d'après Du Pleix (p. 175), « en sa maison. » Il faut probablement
entendre par là le château de La Serre, où résidait souvent le maréchal, qui, aussitôt convié, s'empara (Malingre, p. 357) d'une place
voisine de ce château, la place de Moncrabeau (canton de Francescas).

([7]) Lavardac, chef-lieu de canton de l'arrondissement de Nérac, à
sept kilomètres de cette dernière ville.

baste (¹), où il employa l'industrie de Flamarens (²) et de Xaintrailles (³), gentilshommes de service et intelligence en leur voisinage (⁴). Du mesme jour Nérac fut investy :

(¹) Les tours de Barbaste étaient un moulin fortifié sur la Gélise. Ce moulin, flanqué de quatre tourelles inégales, existe encore aujourd'hui. La petite ville de Barbaste est à deux kilomètres de Lavardac. Comme Barbaste appartenait au pays d'Albret, une tradition fort répandue veut que le futur Henri IV se soit fait appeler *Moulié de Barbaste*, et qu'un soldat gascon de l'armée de la Ligue, un jour, en Picardie, au moment où il s'approchait d'une *mine* sur le point d'éclater, lui ait sauvé la vie, en s'écriant dans un langage qui ne pouvait être entendu que du roi de Navarre : « *Moulié de Barbaste, pren garde à tu, qué la* oate *bay gatoua.* » Si l'ingénieuse exclamation était historique, ce dont je doute un peu à la vérité, jamais calembour n'aurait été dit avec plus d'à-propos.

(²) D'Aubais a imprimé *Hamarinx*, et naturellement n'a pu fournir aucun renseignement au sujet d'un nom estropié d'une aussi cruelle façon. Le prétendu *Hamarinx* était Jean de Grossolles, IIIe du nom, chevalier, baron de Flamarens et de Montastruc, seigneur de Buzet, mestre de camp d'un régiment d'infanterie. Il avait tué en duel le sieur de Lussan. (Voir dans Moréri au mot *Grossoles*, l'analyse des lettres de grâce qu'il obtint de Louis XIII, en octobre 1611.) Il fut marié, par contrat passé dans le palais archiépiscopal de Bordeaux, le 19 décembre 1609, en présence du cardinal de Sourdis, avec Françoise d'Albret, fille de Henry d'Albret, baron de Miossans.

(³) D'Aubais a dit : « Xaintrailles qui fut utile à ce siége n'était pas Amanieu de Montesquieu (il aurait fallu écrire : *Montesquiou*), seigneur de Xaintrailles, de La Motte-Gumont et de Ragez, puisqu'il était mort en 1621. Il avait un frère Joseph qui lui survéquit, et qui pouvait être le Xaintrailles dont parle Vignolles. » Je ne crois pas, quant à moi, qu'il s'agisse ici de Joseph de Montesquiou, mais bien de Raymond François de Montesquiou, seigneur de Xaintrailles, fils d'Amanieu de Montesquiou. Raymond François fut colonel d'un régiment de gens de pied. Il était mort le 18 novembre 1632.

(⁴) L'antique château de Xaintrailles, qui a été classé parmi nos monuments historiques, est situé à cinq kilomètres de Lavardac. Le château de Buzet, qu'habitait M. de Flamarens, est à dix kilomètres environ de Lavardac. Sur ces deux châteaux, si rapprochés l'un de l'autre, tous les deux si fièrement et si majestueusement posés, tous les deux entourés de tant de souvenirs, je n'ose citer les insuffisantes notices de la *Guienne monumentale et historique*.

le jeune vicomte de Castets, fils de Favas, y demeura gouverneur (¹) et Montpouillant, fils du sieur de La Force (²), s'y enferma (³) avec luy, et y voulut estre son soldat.

Le duc de Mayenne s'y treuve le mesme soir, presse l'affaire, selon son humeur impatiente, et le lendemain sur les neuf heures du matin monte à cheval, et voulut seul avec Vignolles voir la situation, reconnoistre et resoudre de ses approches et de ses batteries. Il arriva que revenant de cette reconnoissance, Vignolles l'ayant laissé pour faire un commandement à un capitaine de se loger à une petite maison près de la contrescarpe, quy n'estoit encore bruslée, le duc aperçeut sur le pavé trois hommes de cheval bien montez et bien armez qui sortoient de la ville et qui cherchoyent, ce sembloit, à tirer le coup de pistollet; la chaleur l'emporte, et pour les affronter il part de la main en pourpoinct et sur un bon coureur; les deux tournent, le tiers l'attend, le brusle de son pistollet sans le blesser, et le duc luy appuye le sien, qui ne se trouva ny chargé, ny bandé, ny morché. Il fut suivy de quelques-uns, avec lesquels il poussa bien près

(¹) Jean de Fabas, petit-fils du Jean de Fabas dont M. Henry Barckhausen a si bien publié les intéressants *Mémoires*, était né du premier mariage (2 août 1597) de Jean de Fabas avec Catherine de Gauthier. Ce jeune homme de vingt-deux ans, nommé par acclamation gouverneur de Nérac, sut se montrer digne, là comme un peu plus tard à Monheurt et à Tonneins, des deux vaillants capitaines qui avaient déjà illustré le titre de vicomtes de Castets.

(²) Jean de Caumont, marquis de Montpouillan, était le sixième fils de Jacques Nompar de Caumont-La Force. L'histoire offre bien peu d'exemples d'une amitié aussi dévouée et aussi touchante que celle qui, après avoir uni dans la vie le vicomte de Castets et le marquis de Montpouillan, devait les unir aussi dans la mort.

(³) Le manuscrit de la Bibliothèque impériale présente cette variante : *s'y employa*. Ce doit être là une faute de copiste.

de la porte, d'où ceux de la ville sortirent en gros à pied
et à cheval, et le ramenèrent; de sorte qu'il y eust eu du
désordre, sy Vignolles ne s'y fust rencontré, qui le reçeut,
et arresta les ennemis avec trente gentilshommes qui se
trouvèrent avec luy et quelque infanterie (1).

L'après-disnée on faict les approches pour attaquer un
bastion quy couvroit la porte du Marcadiou (2) : celle de
main droicte fut donnée à Picardie, celle de gauche à
Piedmont, qui tous deux se logèrent et avec peu de péril
où l'on leur avoit ordonné. Il est à remarquer que ce
siége fut commencé et continué plus de dix-sept jours,
avec cette disproportion, qu'il y avoit dedans cinq cens
hommes de pied plus que dehors : et pour cette raison
on s'advançoit moins, mais plus fortement.

Monsieur de Mayenne leva promptement quatre ou cinq

(1) Du Pleix raconte un peu différemment cet épisode (p. 176) :
« Pour le duc de Mayenne, il apportoit tant de soin, de diligence et
vigilance, en ce qui était du devoir de général, de simple capitaine
et même de soldat, que nonobstant sa maladie, on le voyait continuellement en faction, s'exposant à tous périls avec autant d'impru-
dence que de hardiesse. Un jour entre autres, étant allé seul à cheval
et en pourpoint pour reconnaître la place, il aperçut deux cavaliers à
la tête de deux cens mousquetaires ou piquiers qui faisaient une
sortie, et ne laissa pas pourtant d'aller charger les deux cavaliers :
mais son pistolet ayant fait faux-feu, l'un d'iceux nommé le capitaine
Castaing, homme assuré et hardi, lui appuya le sien à brûle-pourpoint,
et sans le tirer lui dit : *Brave prince, je n'en veux pas du vostre* : et
passa outre en le priant de se retirer, ce qu'il fit : et fut salué de la
mousquetairie en sa retraite, dont un valet de pied qui était à ses
étriers fut blessé à mort. Il a depuis caressé Castaing avec de grands
témoignages de gratitude. » M. Castaing, préfet de la Loire, qui est
originaire de Nérac, descend-il du chevaleresque adversaire du duc
de Mayenne?

(2) Une des rues de Nérac s'appelle encore aujourd'hui rue Mercadieu. En langue provençale, *mercaders* veut dire marchands. Les rues
ou places dites de Mercadieu ou de Marcadieu sont nombreuses dans
nos villes méridionales.

cens hommes de pied dans sa duché d'Aiguillon (¹), quy
luy menèrent quatre canons de batterie qu'il y avoit. Le
mareschal de Rocquelaure mena d'Agen deux couleuvri-
nes, et avec cela se commença une très mauvaise batterie,
faute de canonniers, de balles, de poudre, et de toutes
choses nécessaires, comme il arrive en touttes entreprises
quy sont exécutées plustost que préveues. Ces trouppes
d'Aiguillon firent un fort du tout sur la main droicte, où
elles furent logées, pour oster les dehors aux assiégez,
quy de ce costé incommodoyent le travail.

De l'autre costé de la rivière fut logé le mareschal de
Rocquelaure, avec trois cens gentilshommes qu'il avoit
amené (²), et quatre compagnies séparées et levées dans
le pays, quy ne servirent que pour le garder, et coupper
quelques chemins d'où pouvoit venir le secours. Il y fut
très utile, et y servit avec soing et peine : car il luy fallut
estre à cheval et le jour et la nuict quinze jours durant (³).

(¹) La terre d'Aiguillon avait été érigée en duché-pairie, pour le
duc de Mayenne, en 1599. Les canons amenés d'Aiguillon étaient de
la ville de Bordeaux, dit Malingre (p. 358).

(²) A ces trois cents gentilshommes venus avec Roquelaure, Malingre
joint *(ibidem)* cinq cents autres gentilshommes, groupés soit autour
du duc de Mayenne, soit autour du maréchal d'Aubeterre. Du Plaix
dit aussi (p. 175) : « La noblesse y avolant de tous côtés, il y eut
dans six jours plus de huit cens gentilshommes. » Malingre assure
qu'ils étaient tous « des plus généreux que la terre porte, et à qui le
dieu de la guerre ne pourroit faire peur. »

(³) Malingre (p. 358) nous montre « les tranchées avancées par la
diligence et dextérité du maréchal de Roquelaure, duquel on peut
dire sans flatterie que c'est un digne nourrisson de cet invincible
capitaine Henry le Grand, ayant bien tesmoigné à toutes ces rencontres, que l'aage ne luy avoit peu glacer le sang. » L'historien de la
rébellion continue ainsi : « Dans ces retranchements, ce généreux
prince, nonobstant sa fièvre, envenimée par le travail continuel,
passait presque les nuits entières, pour pousser à bien l'ouvrage. »

Le vingt-deuxième de juin, le duc de Mayenne reçoit
nouvelles que le sieur de La Force et ses enfans avoient
surpris la ville de Caumont ([1]), failly le chasteau, et le
tenoyent néantmoins à telle extrémité, que sans un
prompt et résollu secours il estoit perdu. La chose
promptement mise en délibération, le secours est conclud, et ce prince prenant cette commission pour luy,
monte à cheval avec huit cens gentilshommes vollontaires, meine les mareschaux ([2]) de Roquelaure et d'Aubeterre : et pour sauver les deux occasions laisse Vignolles
pour commander au siége avec l'infanterie, l'artillerie, et
environ six vingtz chevaux, et ce qu'il y avoit d'officiers
en l'armée, horsmis Chiverry, ayde de camp ([3]), qu'il
mena avec luy, et quy luy servit bien en cette expédition.

Ce soir, le duc de Mayenne vint loger à Damazan,
distant de Caumont de deux petites lieues, mande en
diligence les regiments de Sainte-Croix d'Ornano ([4]) et de

([1]) Caumont, dans le canton du Mas-d'Agenais, à neuf kilomètres
de Marmande. Du Pleix met Caumont à six lieues de Nérac. — Sur la
surprise de Caumont, voir d'abondants détails dans les *Mémoires* de
La Force (t. II, p. 139-143 et 560-561). Voir aussi Malingre (p. 360-
363). Je ne renvoie point au *Mercure françois*, car on n'y trouverait
que la relation de Malingre un peu abrégée. Ni Du Pleix, ni Charles
Bernard (*Histoire de Louis XIII*, 1646, in-fol.), n'ajoutent grand'chose
à ce que nous apprennent La Force, Malingre et Vignolles.

([2]) D'Aubais a eu la négligence de mettre ou de laisser mettre : *les
chevaux*, au lieu de : *les maréchaux*.

([3]) Je n'ai rien trouvé sur ce Chiverry. Malingre dit seulement
(p. 365) que c'était un des gentilshommes du duc de Mayenne.

([4]) Une virgule mal placée, dans l'édition de d'Aubais, a l'air de
faire deux régiments du seul régiment commandé par Pierre d'Ornano,
le troisième fils du maréchal Alfonse d'Ornano. Pierre dut son surnom
de Sainte-Croix à l'abbaye de Sainte-Croix de Bordeaux, qu'il possédait
avant de prendre le parti des armes. On sait qu'il devint mestre de
camp du régiment du duc d'Orléans, et que le Parlement de Bordeaux
le nomma, en 1622, général des troupes qu'il voulut opposer à celles
dont Fabas se servait pour ravager le Médoc.

Barrault (¹), quy estoyent acheminez pour le joindre à
Nérac, leur donne rendez-vous à demie lieue de Caumont,
le long de la rivière de Garonne, sur le chemin du Mas-
d'Agenois : ordonne que de Marmande, en dilligence, on
luy meine contre-mont la rivière autant de batteaux
armez qu'ils pourront, et autant de gens de guerre :
envoye Chiverry pour prendre l'estat des assiegez, qu'il
rapporta vérittable, et eut cette bonne fortune de mettre
cette nuict trente bons hommes dans la place.

Le duc s'achemine du matin (²), trouve desja ces deux
régimens arrivez, forme ses bataillons et ses squadrons,
et en très bon ordre marche jusques à la portée d'un
mousquet ; il reconnoist le poste des ennemis, juge de
leurs logemens, se faict voir aux assiegez, et se prépare
pour les désassieger.

La ville de Caumont est sur un hault quy laisse une
pente assez roide entre la rivière et elle : le chasteau est
scitué au niveau de la ville, mais plus advancé vers la
rivière ; si bien que la pente au droit du chasteau est plus
roide et moins spatieuse. Là les ennemis avoyent faict
une bonne barricade dont on ne pouvoit les desloger, et
une autre dans la pente du costé de la ville bien près du
chasteau : et pour les conserver toutes deux, ils en firent
encore deux plus bas, pour arrester, disoyent-ils, la furie
du Goliat de Lorraine (ainsy appelloyent-ils Monsieur de

(¹) Antoine Jaubert de Barrault, comte de Blaignac, sénéchal du
Bazadais, qui fut député pour la noblesse aux états généraux de 1614,
et qui, en 1616, Louis XIII étant à Bordeaux, tua en duel le capitaine
de La Bordisserie. Antoine était le fils d'Aymery de Barrault, sénéchal
de Bazadais, vice-amiral en Guyenne, maire de Bordeaux (voir la
Chronique bourdeloise de Darnal, p. 149, 151, 152), et le frère de Jean
Jaubert de Barrault, d'abord évêque de Bazas, puis archevêque d'Arles
(voir le *Dictionnaire* de Moréri, au mot *Jaubert*).

(²) D'Aubais a oublié les mots : *du matin*.

Mayenne), qu'ils sçavoyent estre sans canon. Ces deux
dernières barricades estoyent très bonnes, bien enten-
dues, et substantées de tout par un chemin couvert qu'ils
avoyent faict de la ville à ce dessein.

Le duc d'abord les voulut attaquer, mais il fut conseillé d'attendre au lendemain, parcequ'il se faisoit tard,
et que l'on jugeoit n'y avoir pas assez de jour pour par-
faire cette besongne.

La nuict, il campe au mesme lieu (¹) cavallerie et
infanterie, et reçeut de Marmande deux grans batteaux
armez, pleins de bons soldats; et à la tête de chacque
batteau une pièce un peu moindre que bastarde. Cette
nuict entra encores dans le chasteau Monviel (²) avec
cinquante soldats.

(¹) Il campa en mesme lieu. (D'Aubais.)

(²) Monviel, que d'Aubais appelle *le sieur* de Monviel, sans rien nous
dire en note sur ce personnage, figure dans le récit de Du Pleix
(p. 176) sous le double nom de Dondas-Montviel. Malingre l'appelle
Dondas tout court (p. 365), et La Force aussi (t. II, p. 180). Le *Mer-*
cure françois (t. VIII, p. 462) nous présente Dondas comme « un gentilhomme du pays d'Agenois voisin de Tonneins. » Le chevalier de
Courcelles (*Histoire généalogique des Pairs de France, etc.*, t. V, p. 91,
Généalogie de Vassal, branche de La Tourette et Montviel) donne
beaucoup de détails sur le mystérieux gentilhomme. C'était, dit-il,
le fils de Bertrand de Vassal de La Tourette, écuyer, seigneur de
Montviel, de Dondas, etc., et de Françoise de La Barrière (de la juri-
diction de La Gruère en Agenais), dame de Dondas. Il était né après
1582, puisque son père, veuf de Marguerite Delzons, dame de Montviel, s'était remarié le 29 décembre 1582. Jean de Vassal de La Tourette, IIIᵉ du nom, écuyer, seigneur de Montviel et de Dondas, hérita
de son père le 18 août 1615. Il servit, cette même année, sous les
ordres du maréchal de Roquelaure. Le 25 juillet 1621, il reçut un
brevet du roi pour lever une compagnie de cinquante hommes d'armes, et la mettre en garnison à Caumont. En 1627, il fut appelé à
commander dans Aiguillon, et il a la qualité de gouverneur de cette
ville dans plusieurs lettres du duc d'Epernon, par l'une desquelles,
datée d'Agen, le 6 juillet 1628, celui-ci lui ordonne de faire raser et
détruire les maisons et bois du sieur Viaut, qui était allé, vil trans-

Le duc eut soing de faire de bon mattin porter du pain et du vin aux soldats, et soudain les met en ordre pour donner à ces barricades : faict mettre pied à terre à trois cens gentilshommes qu'il veut mener luy-mesme au combat, et laisse Messieurs les mareschaux à cheval avec le reste de la noblesse : Barraut sur la main droicte, et Saincte-Croix d'Ornano sur la gauche, quy avoyent bien près de trois mil hommes, donnèrent à l'envy aux deux barricades d'en bas. Les premières trouppes qui furent commandées firent tirer toutte la mousquetterie sur eux, les secondes abordèrent les barricades ; et fut dès là le combat à coups de picques, lequel rafraischy et opiniastré de l'un et de l'autre costé, dura assez longtemps. C'est là où servirent les batteaux armez, qui s'approchèrent jusques sur le bord de la rivière, comme s'ils eussent voulu mectre pied à terre, sy à propos, que voyans ces retranchemens par le derrière, ils firent de leurs pièces et de leurs mousquets un salve perpétuel, avec tant de meurtre et de perte des ennemis, qu'au temps que les corps des régimens branlèrent pour donner, ils quittèrent les barricades à maudit soit le dernier. Les deux plus hautes furent quittées aussy sans combattre, et fut l'entrée du chasteau libre. Le sieur de Barraut soudain y entra, y mit hommes, vivres, et munitions, et tout ce quy estoit nécessaire, et à point nommé ; car il n'y avoit ny de quoy tirer ny de quoy manger.

Monsieur de Mayenne sur le soir entra (¹) dans le chasteau, resollut que le mattin il feroit un effort à la ville,

fuge, se mèler aux rebelles de Montauban. Il mourut avant le 13 mars 1646, ayant épousé, par contrat passé à Bordeaux, le 11 août 1607, Françoise de Camain, fille d'Urbain de Camain, conseiller au Parlement de Bordeaux, et d'Éléonore de Montaigne.

(¹) D'Aubais a mis *entré* pour *entra*.

pousseroit sa bonne fortune, se serviroit de l'effroi des ennemis, employeroit sa noblesse et mettroit le tout pour le tout pour en tirer ces nouveaux hostes. Mais dès la minuict le marquis de La Force disposa de sa retraicte sur laquelle il arriva qu'ayant mis tous les meilleurs chevaux dans l'église parroissialle de Caumont et leurs magasins de poudres, au temps de leur partement un peu précipité (¹) quelque soldat estourdy, effrayé ou malicieux mit le feu aux poudres quy firent sauter l'église et perdre plus de cent cinquante hommes, et plus de deux cens chevaux de service.

Cet accident bien que malheureux servit à la retraicte du marquis (²). La nuict, le bruict, le feu et la fumée, le tout luy fut favorable. Il prit son chemin vers Castelgeloux (³), et le sieur de La Force, son père, quy parut

(¹) *De leurs départements un peu précipités* (d'Aubais).

(²) Voir deux lettres du marquis de La Force (du 28 juin et du 1ᵉʳ juillet) sur sa retraite de Caumont (*Mémoires* de La Force. t. II, p 561-562). Le fils aîné de La Force ne sait si le feu fut mis par mégarde ou à dessein aux poudres entassées dans l'église. La Force, au contraire, affirme (*ibidem*, p. 144) que l'auteur volontaire de l'accident fut un soldat espagnol « porté selon l'humeur de sa nation à une insigne déloyauté, » lequel Espagnol, « pris prisonnier, confessa tout, et même comme il avoit trouvé moyen deux fois d'aller en l'armée de Monsieur de Mayenne. » Malingre, le rédacteur du *Mercure françois*, Du Pleix, etc., n'ont pas manqué de voir le doigt de Dieu dans l'accident qui fut si funeste aux profanateurs de l'église de Caumont. Outre ces divers auteurs, on peut consulter, sur la reprise de Caumont, deux relations anonymes contemporaines intitulées : l'une, *Deffaite de trouppes du marquis de La Force par M. le duc de Mayenne, le 2 juillet 1621, avec la réduction de la ville de Caumont en l'obeyssance du Roy*..À Paris, 1621, broch. in-8° (Bibliothèque impériale, L.B. 36, 1692); l'autre, *La Rebellion de Nérac et la surprise de Caumont par la trahison des rebelles qui avaient fait la protestation, avec sa reprise*. À Bourdeaux, par S. Millanges, 1621, broch. in-8° (*ibidem*, n° 1693).

(³) Casteljaloux, chef-lieu de canton de l'arrondissement de Nérac, à quelques kilomètres seulement de Caumont.

avec quelque cavallerie du costé de Thoneins sur le bord
de la rivière, ne le put recevoir faute de batteaux, et qu'il
n'estoit plus maistre du passage.

A Nérac le siége se maintenoit. Vignolles plus foible
que les assiegez ne pût empescher qu'à six heures du
matin 24me du mois le secours de six cens hommes de
pied envoyez de Thoneins et Clérac n'entrast par le petit
Nérac (1), tambour battant et enseigne desployée et
néantmoins la rivière entre deux. Ce fut à luy à se mettre
en estat de les recevoir et non plus de les approcher ; et
pour cela il accommode les testes de son travail pour les
deffendre seullement. Piedmont tenoit la gauche, Aiguillon
la droicte et entre deux sur une petitte eminence plus
recullée, il avoit retiré le corps entier de Picardie, huté
et retranché, qu'il réservoit pour s'en servir à l'occasion.

Le comte de Suze (2) luy estoit arrivé avec cinq cens
hommes de pied qu'il mit à garder ses batteries bien for-
tiffiées et en bon estat, où Vignolles couchoit tous les
soirs avec cinquante hommes armez ou de la cavallerie

(1) Le Petit-Nérac est un faubourg assez considérable séparé de la
ville par la Baïse. Le *Mercure françois* (t. VII, p. 601) décrit ainsi le
Nérac de 1621 : « On divise Nérac en trois, en grand Nérac, le petit
Nérac, et le chasteau. En ceste ville il y a un seneschal et la chambre
de la justice de la Guyenne y a esté establie par Henry le Grand, qui
portoit beaucoup d'affection à ceste ville, en laquelle il a longtemps
tenu sa cour lorsqu'il n'estoit que roy de Navarre. Aussi est-elle
agréable pour ses plaisans jardinages et vergers, et pour un beau
parc qui est au pied du chasteau coupé en deux par une petite rivière,
mais réuny par un pont. »

(2) Rostaing de la Baume, comte de Suze, mort en 1622. D'Aubais
ajoute que le château de Suze est un des plus beaux du Dauphiné.
Du Pleix (p. 177) nous rappelle que le comte de Suze était un neveu
du duc de Mayenne, et il loue sa vigilance et sa bonne conduite, en
même temps que la vigilance et la bonne conduite de Vignolles. On
trouve dans le *Moréri* de 1759 une généalogie très bien dressée de la
maison de Suze.

quy luy estoit restée, ou de noblesse vollontaire quy le
venoyent joindre tous les jours.

Le lendemain du secours sur les neuf heures du matin,
il dormoit encores ayant fatigué toutte la nuict. Il est
éveillé d'une fort chaude allarme, court au cartier de
Picardie qu'il trouva les armes à la main. Ce lieu estoit
plus relevé et voyoit tous les autres. C'est d'où il apper-
ceut les ennemis dehors non point en ordre de sortie
mais en ordre de bataille. A leur droicte ils s'advançoyent
vers Piedmont avec un bataillon de deux cens cinquante
picques, et bien autant de mousquetaires mis en pelot-
tons (de cinquante chacun) devant, et aux aisles du
battaillon. A leur main gauche leur nombre et leur ordre
semblable donna à Aiguillon. Ceux de Piedmont, vieux
capitaines, gens résolus, et bien logez, reçeurent cette
partie en gens de mestier. A la teste se trouva Blaignac,
capitaine en chef, quy deffendit son poste très courageu-
sement (1), et fut soustenu par un sy bon ordre, que les
ennemis furent repoussés deux fois : et sur le poinct que
leur chaleur se vit diminuée, sortirent par le derrière du
cartier les capitaines La Chappelle et Lambert, avec cent
picques et cent mousquets, qui meslent les ennemis, les
rompent, et les meynent (2) battant et tuant jusques à
leur contrescarpe.

Ceux d'Aiguillon firent aussy fort bonne mine, mais
leur jeu ne fut pas si bon. Le combat de main les emporta presque aussy tost qu'ils furent affrontez ; leur fort

(1) Nous venons de voir que les Jaubert de Barrault portaient le
titre de comtes de Blaignac. Le Blaignac dont Vignolles loue si fort
le courage était-il le même que le Barrault qui entra le premier dans
le château de Caumont? Était-ce un frère de ce sénéchal du Bazadais?
Était-ce simplement un homonyme?

(2) Les menèrent (d'Aubais).

quitté, et les ennemis se préparoyent desja a ce rompre, quant Vignolles fit partir les capittaines La Motte Saint Ouin et Lezines, tous deux picardz avec quatre compagnies de Picardie la picque basse pour les mesler, cependant que luy de soixante pas les soustenoit avec le reste du régiment que commandoit le capitaine Hames. Cet abord fut resolut, et de tel fruict, que le fort abandonné, les ennemis en désordre furent comme les autres menez la picque dans les reins jusques à leurs fossez. Il demeura de la sortie cinquante hommes ou environ morts sur la place. Ceux de l'armée perdirent une douzaine de bons soldats, un brave sergent et Blagnac fort blessé de deux coups de picque et d'une mousquetade.

Monsieur de Mayenne reçeut cette nouvelle comme il faisoit une depesche au Roy de la reprise de Caumont, à laquelle il adjousta ce second succez en termes quy tesmoignoyent la bonne satisfaction qu'il en avoit. Il se hasta de revenir au siége auquel se joignirent le jour qu'il y arriva les régimens de Lauzun, Saincte-Croix d'Ornano, Barraut et Françon, le moindre de mil bons hommes, et bien armez. Saincte-Croix et Barraut remplirent la main droicte du siége, depuis le fort d'Aiguillon jusques à la porte de Condom (1) et vers les escuries du Roy : Lauzun et Françon furent menez investir le petit Nérac, quy ne l'avait point encore esté. A touttes ces nouvelles approches, se tira pour le moins quatre mil mousquetades (2), mais de peu d'effaict. La noblesse vollontaire se mesla parmy les régimens et l'on vit avec chacun des mareschaux de camp cent cinquante gentils hommes la picque à la main avec autant d'obéissance que les soldats disci-

---

(1) La porte de Condom était opposée à la porte par laquelle on entrait en arrivant de Lavardac.

(2) Le manuscrit 18751 porte : *dix mil mousquetades*.

plinez. Cecy se dit parce qu'il n'est pas d'ordinaire. On reprend dans l'armée le soing d'advancer ; tout le monde travaille à l'envy ; mais dans (¹) deux jours ceux de dedans se voyans sans espérances de secours demandèrent à parler, à quoy de bon cœur il furent reçeus. On leur donna une capitulation telle qu'ils la demandèrent (²) quy leur fut observée d'un tel ordre, et d'une si bonne foy, que huict cens hommes de guerre menez en garde aux portes de la ville, et au chasteau, après que les assiegez furent sortis, demeurèrent en bataille les armes sur le col depuis dix heures jusques à six sans entrer dans nul logis. Et lorsque le général de l'armée y entra, qui fut à trois heures, avec mil gentils hommes, il trouva touttes les boutiecques ouvertes, le pain, le vin, le fruict, et toutte sorte de denrées soubs la halle pour de l'argent, comme à l'ordinaire. Quatre compagnies du régiment de Picardie y furent laissées dans le chasteau soubs la charge du capitaine Hames, attendant la vollonté du Roy (³).

(¹) D'Aubais a oublié le mot *dans*, ce qui rend la phrase bien peu claire.

(²) Le marquis de La Force parle ainsi de cette capitulation (Lettre écrite de Monflanquin le 11 juillet, *Mémoires*, t. II, p. 564) : « M. de Noaillac vient d'arriver de Nérac, qui nous a montré la capitulation que ceux de dedans ont eue, qui est aussi ample, honorable et avantageuse qu'on ne sauroit dire. Il dit que sans la trahison de quelques habitans, ils eussent fait merveilles, et que sans eux ils n'eussent point capitulé, qu'on ne les pouvoit prendre de trois mois. »

(³) Voir, indépendamment des brochures déjà citées au sujet de l'affaire de Caumont, qui ne fut en quelque sorte qu'un épisode du siège de Nérac, les relations suivantes : *La Prise et réduction de la ville et château de Nérac au service du Roy par M. le duc de Mayenne, suivant l'exécution des commandemens de S. M.* Paris, Mesnier, 1621, in-8° (Bibliothèque impériale, n° 1695), et *La Prise du jeune marquis de La Force et de son frère le sieur de Montpouillant, avec la véritable réduction de la ville de Nérac en l'obéissance du Roy après un furieux

Six jours après le duc de Mayenne reçeut les commandemens du Roy à Thoneins où il fut très bien reçeu de Sa Majesté (¹), et dès le lendemain renvoyé pour préparer les voyes et le project de Montauban que le Roy avoit à cœur. Il s'achemine donc avec huict mille hommes de pied et douze cens chevaux droict au Mas de Verdun (²) qu'il mit, sans coup férir, en l'obéissance du Roy.

Lisle-Jourdan (³) et Mauvezin (⁴), d'un branle, luy por-

assaut, le tout fait le 9 juillet par M. le duc de Mayenne. Paris, Bocu-let, 1621, in-8°. — Autre édition. Bourdeaux, S. Millanges, 1621, in-4° (ibidem, n° 1696). La substance de ces deux pièces se retrouve également dans l'*Histoire de la Rébellion* et dans le *Mercure françois*. On a encore une *Lettre du roi à Monseigneur le premier Président* (deVerdun), *touchant la véritable réduction des villes de Nérac et de Bergerac en l'obéissance de S. M.* (datée du 11 juillet 1621). Paris, Langlois, 1621, in-8°, pièce n° 1709.

(¹) Louis XIII, venant de Bergerac, était arrivé à Tonneins le 20 juillet. De là il se rendit souvent au camp devant Clairac, ville dont le siège commença le 23 juillet.

(²) Aujourd'hui Verdun sur Garonne, arrondissement de Castel-sarrazin (Tarn-et-Garonne). Voir le *Récit véritable de la réduction du Mas de Verdun, de l'Isle en Jourdain et de Mauvoisin* (sic), *au service du roi, par MM. le duc de Mayenne et maréchal de Thémines, le 27 et 28 juillet dernier*. Paris, A. Saugrain, 1621, in-8°, pièce (n° 1718).

(³) Isle-en-Jourdain (arrondissement de Lombez, Gers). Le *Mercure françois* décrit ainsi cette ville (t. VII, p. 658) : « L'Isle-en-Jourdain est aussi du comté d'Armagnac, à quatre lieues de Tholose, sur la rivière de Save. On l'appelait le réveille-matin des Tholozains, pour ce que la garnison estoit tous les matins aux fauxbourgs de Tholose, pour y picorer et y prendre des prisonniers. C'est une ville champestre, petite, mais assez bonne pour le négoce, à cause des marchés qui y sont establis, bastie un peu en pente, en bon territoire, l'accès aisé, les murs bastis de brique, et toutesfois de facile abord pour n'y avoir que de petitz fossez. Dans ceste ville est un chasteau basty aussi de brique, ramparé de quelque terre plain en certains endroicts, où partie des maisons servent de murs, dans lequel il y avoit assez de munitions de guerre, un canon et deux coulevrines. »

(⁴) Chef-lieu de canton de l'arrondissement de Lectoure (Gers). Louis XIII était devant Clairac quand il fut averti par un message du

tent les clefz. Il s'aproche de Montauban où il y avoit
cinq ou six mil hommes de guerre. A leur barbe il force
Courbariou (¹) à une lieue d'eux. Les ennemis y tenoyent
un fort et y faisoyent une de leurs testes pour conserver
le pays d'entredeux, qui est très fertile, à la faveur duquel, et de quelques barricades, ils avoyent jetté dans les
vignes et sur les advenues quatre ou cinq cents hommes
de pied et quatre vingts ou cent chevaux que Vignolles,
advancé avec partie de l'armée, poussa jusques à leurs
retranchemens. Grammont (²) avec cinquante chevaux y
feit une gentille charge, tua des hommes sur les barricades, et y prit des prisonniers. Chiverry y fut blessé. Le
lendemain le fort se rendit (³), le duc tout d'une main
força Albias (⁴), dont les ennemis se servoyent au mesme

duc de Mayenne de la réduction du Mas de Verdun, de L'Isle-en-
Jourdain et de Mauvezin. Le Parlement de Toulouse commit deux
conseillers, qui se transportèrent sur les lieux pour faire raser les
murs de ces trois places. Voir, sur les fortifications de Mauvezin en
1621, le *Mercure françois*, t. VII, p. 657. On conserve aux Archives
départementales de la Gironde (série C, n° 112) un document de l'année 1780, relatif à la démolition d'une porte de ville à Mauvezin
(Gers).

(¹) Aujourd'hui Corbarieu (canton de Villebrumier, arrondissement
de Montauban). Voir sur Vignolles à Corbarieu les *Mémoires* du marquis de Castelnaut, à la suite de ceux de son père le duc de La Force
(t. IV, p. 187). Sur le château de Corbarieu en 1445, voir dom Vaissète, t. V, p. 7.

(²) C'était Antoine de Gramont, deuxième du nom, comte de Gramont, de Guiche et de Louvigni, qui devint duc de Gramont en décembre 1643, mourut en août 1644, et eut pour flis le maréchal et le
chevalier de Gramont.

(³) On a oublié de reproduire dans l'édition des *Pièces fugitives*
cette petite phrase : *Le lendemain le fort se rendit.*

(⁴) On lit dans le texte adopté par d'Aubais : força à Albias. Albias
est une commune du canton de Nègrepelisse (arrondissement de
Montauban), tout près de l'Aveyron. Le marquis de Castelnaut s'étend
assez longuement sur le siège d'Albias (p. 168-191). Je ne citerai que
les premières et les dernières lignes de son récit : « Le fort de Cour-

dessein, et pour le passage de la rivière de la Beiron quy leur estoit nécessaire. Cette canaille se deffendit sy bien qu'en moins de trois jours ils tuèrent plus de trois cens hommes. Il reçoit l'obéissance de Negrepelisse, Réalville [1], et celle de Caussade par le moyen du mareschal de Thémines [2]. A Albias, Vignolles fut blessé d'une mousquetade dans l'espaule quy l'a mené jusques aux portes de la mort. Sa place de mareschal de camp unicque en cette armée fut remplie du marquis de Villars [3], frère du duc, et du comte de Grammont, auparavant maistre de camp de la cavallerie légère. Cette blesseure fut cause,

berieu fut abandonné la nuit et saisi incontinent par Monsieur de Mayenne, qui de là alla assiéger le Béjas (ancien nom d'Albias, dit en note le marquis de La Grange), méchante bicoque, n'ayant que des murailles en terre sans autre défense et quelques paysans pour les garder, lesquels, vu leur mauvais état, se défendirent fort bien et lui tuèrent beaucoup de monde, jusqu'à cent trente ou cent quarante hommes.... — Cependant le Béjas qui avoit été bastu de coups de canon et mis en état de ne pouvoir plus résister, s'étoit rendu à discrétion.... Il fut brûlé, ses consuls pendus avec une vingtaine d'autres, et lors toutes les villes voisines, hormis Saint-Antonin, se mettent sous l'obéissance de monsieur le duc de Mayenne. »

Voir : *Récit véritable de la prise par force de la ville d'Albiac près Montauban, et punition des habitants d'icelle, mis et taillés en pièces pour cause de perfidie et rebellion, par M. le duc de Mayenne* (11 août). Paris, P. Rocollet, 1621, in-8°. (N° 1729 au catalogue de la Bibliothèque impériale.)

[1] Commune du canton de Caussade, arrondissement de Montauban.

[2] Pons, seigneur de Lausières, marquis de Thémines, chevalier des ordres du roi, sénéchal et gouverneur de Querci, mort le 1er novembre 1627. Il devint lieutenant-général de Guyenne, le 22 janvier 1622, par la démission du maréchal de Roquelaure.

[3] On avait fait revivre, pour le frère du duc de Mayenne, le nom de son aïeul, l'amiral Honorat de Savoie, marquis de Villars, dont la fille unique, Henriette, après avoir été mariée à Melchior des Prez, seigneur de Montpezat, avait été remariée à Charles de Lorraine, et lui avait apporté en dot les terres d'Aiguillon, de Montpezat, de Sainte-Lavrade, de Madaillan, etc.

et contre sa vollonté, que la ville fut bruslée, et force
habitants pendus (¹); et luy mis hors de service depuis
le troisiesme d'aoust jusqu'au douziesme de mars. Ce
quy s'est passé durant ce temps se trouvera dans l'histoire généralle, dont néantmoins le discours se voit si
peu fidelle en force endroicts, que vollontiers je repren-
dray les choses de l'année 1622 que j'ay veues ou apprises
de la bouche de ceux quy les ont veues ou faictes.

(¹) Malingre, confirmant à la fois les assertions des deux adver-
saires, raconte (p. 459) que, par les ordres du duc de Mayenne, tout
fut taillé en pièces, et que le feu fut mis aux quatre coins de la ville,
« de sorte que de ceste ville il n'est demeuré que le nom. »

AFFAIRES DE GUYENNE

AN 1622

Après la prinse de Monheurt [1], le Roy prit le chemin
de Paris, et laissa deux armées en Guyenne pour y main-
tenir son service, quy n'y estoit encore pas bien assuré.
Il donna celle de la haulte Guyenne au mareschal de
Thémines, pour incommoder Montauban et le réduire à
toutte l'extrémité qu'il pourroit; et pour mareschaux de
camp les sieurs du Bourg-L'Espinasse [2] et de Contenant.
Celle de la Basse-Guyenne, il la donna au duc d'Elbeuf [3],
pour s'opposer aux entreprises des Prétendus Réformez;

[1] La petite ville de Monheurt se rendit à discrétion le 12 décembre 1621. Le 13 au matin, elle fut abandonnée au pillage, et puis
incendiée.

[2] Antoine du Maine, baron du Bourg-L'Espinasse, gouverneur des
villes et châteaux d'Antibes, en septembre 1608, testa le 6 juin 1635,
et fut marié deux fois : la première fois avec Anne de Boucé, héritière
de L'Espinasse et de Changy, morte avant 1621 ; la seconde fois avec
Marie de Boyer de la Motte de Choisi. Ce fut le grand-père du maréchal
du Bourg. Pinard nous rappelle, en outre (t. VI, p. 74), qu'il marcha
en Guyenne, sous les ordres du maréchal de Bois-Dauphin, en 1616 ;
qu'en 1619, il servit à l'armée de Guyenne sous le duc de Mayenne,
et qu'il devint maréchal de camp par brevet du 16 décembre 1621.
Malingre (t. II, p. 192) l'appelle « très expérimenté chef de guerre. »

[3] Charles de Lorraine II, duc d'Elbeuf, né en 1596, chevalier des
ordres du roi le 31 décembre 1619. En juin 1621, il fut blessé au
siége de Saint-Jean-d'Angély, où il servait comme volontaire. Il avait
été nommé commandant de l'armée de la Basse-Guyenne le 16 décembre 1621. Il mourut le 5 novembre 1657.

et pour mareschaux de camp les sieurs comtes de Curson (¹), marquis de Bourdeilles (²), et comte de Lauzun (³).

(¹) Frédéric de Foix, vicomte de Meilles, comte de Gurson, fils de Louis de Foix et de Charlotte Diane de Foix, cette femme si distinguée dont la mémoire est à jamais recommandée par les éloges de Florimond de Raymond, d'Estienne de La Boëtie, de Michel de Montaigne, etc. Le comte de Gurson, qui fut grand sénéchal de Guyenne en 1616 (*Chronique bourdeloise*, p. 168), et qui mourut en 1622, avait épousé Charlotte de Caumont, fille de François, comte de Lauzun. Il avait été, quoique malade, un des plus vaillants auxiliaires du roi de Navarre à la bataille de Coutras. Le marquis de La Force, le 26 septembre 1616 (t. II, p. 450), écrivait à sa femme : « Je dînai hier à Eymet (*) avec le comte de Gurson, qui me témoigna force affection. » Le *Mercure françois* (t. VII, p. 624) nous apprend que Louis XIII, allant de Bergerac à Tonneins, « s'en vint coucher à Aimé, qui est une petite ville appartenant au comte de Curson. » Malingre, Darnal, Malherbe (*Lettres*, édit. Lalanne), et beaucoup d'autres écrivains, comme Vignolles et le rédacteur du *Mercure*, écrivent *Curson* pour *Gurson*.

(²) Henry de Bourdeilles, fils d'André de Bourdeilles et neveu du chroniqueur Brantôme, né le 21 décembre 1571. Henri IV le nomma sénéchal du Périgord le 23 octobre 1593, et, le lendemain, gouverneur de la même province. Il prêta serment devant le Parlement de Bordeaux, pour cette dernière charge, le 14 décembre suivant. Il dissipa, la même année, les révoltés connus sous le nom de Croquants, et je publierai, dans un des prochains volumes des *Archives historiques du département de la Gironde*, un certain nombre de lettres qu'à ce sujet il écrivit au roi. Henry de Bourdeilles devint chevalier de Saint-Michel en 1609, conseiller d'État en 1612, chevalier de l'ordre du Saint-Esprit la même année, et maréchal de camp le 3 juillet 1619. Il mourut le 14 mars 1641, laissant deux fils, un qui, comme lui et comme son grand-père André, fut sénéchal et gouverneur de Périgord, et un autre qui a été célèbre sous le nom de comte de Montrésor.

(³) François Nompar de Caumont, beau-père du comte de Gurson, et grand-père du fameux duc de Lauzun. Il avait épousé Catherine de Gramont, fille de Philibert de Gramont, comte de Guiche. Il fut chevalier des ordres du roi.

(*) Aujourd'hui chef-lieu de canton de l'arrondissement de Bergerac.

Ce prince bruslant d'envie de bien servir, est conseillé par ces seigneurs desja nommez et pour le bien du pays (¹) d'attacquer le chasteau de la Force (²) où il fut quelques jours et comme il l'avoit réduict à l'extrémité, le sieur de la Force pour sauver sa maison faict un effort, assemble les trouppes de son party et s'advance pour lever le siége. Le duc d'Elbeuf bien adverty de son dessein laisse de legères gardes à son siège, marche au devant de lui son canon à sa teste pour luy donner battaille, mais ne peut avec tant de dilligence que la nuict ne fut desja toutte noire quand ils se rencontrèrent. Ces deux armées en leur ordre tel qu'il se peut estre la nuict furent quelques heures l'une devant l'autre où le canon et la mousqueterie néantmoins ne laissèrent de jouer (³). Et sur la pointe du jour que le duc commandoit d'attacquer, le sieur de la Force commençoit de se retirer et ne put faire que sur sa retraite on ne luy tuast six ou sept vingts hommes. Le duc mit le chasteau de la Force ez mains des sieurs de

---

(¹) Les mots : *et pour le bien du pays* manquent dans l'édition de d'Aubais.

(²) Arrondissement de Bergerac. Ce château a été détruit en 1793. M. le marquis de La Grange (note de la page 170 du tome II des *Mémoires du duc de La Force*) rappelle qu'un arrêt du Parlement de Bordeaux, du 15 novembre 1621, avait condamné M. de La Force et les marquis de La Force et de Montpouillan à avoir la tête tranchée, et avait ordonné que leurs maisons et châteaux fussent rasés. Le duc d'Elbeuf, ajoute-t-il, « avait été chargé par le roi de faire exécuter cet arrêt en ce qui concernait le château de la Force, magnifique habitation que son maître avait passé dix ans à élever et à embellir, encouragé en cela par Henri IV, qui y avait souvent contribué de ses propres deniers. » Voir une autre note sur les écuries du château, alors brûlées, et reconstruites par La Force avec une somptuosité que l'on admire encore. (*Ibidem*, p. 177.)

(³) C'était la nuit du 30 au 31 janvier. « La lune étant en plein, dit La Force (t. II, p. 173), il faisoit clair presque comme de jour. »

Bourdeilles et de Lauzun quy luy en respondirent (¹).

De la il se trouve obligé d'assiéger Montravel près Castillon, qu'il investit et presque d'un temps le battit et l'emporta d'assault, quoyque bien deffendu (²). Cette expédition si prompte et dont il s'acquitta avec tant de soing, de labeur et de générosité, fit espérer que désormais les armes du Roy seroyent heureuses et utiles entre ses mains.

Durant ces deux siéges de la Force et Montravel les Parpaillaux (ainsy appelloit-on les Prétendus Réformez) (³)

(¹) Voir les *Mémoires* du duc de La Force (t. II, p. 169-177) et les *Mémoires* du marquis de Castelnaut (t. IV, p. 351-357).

(²) La Motte-Montravel, sur la rive droite de la Dordogne, canton de Vélines, arrondissement de Bergerac. Voir les *Mémoires* de La Force (t. II, p. 148, 168, 177-181), et ceux de Castelnaut (t. IV, p. 352). On a un récit spécial intitulé : *La prise par force de la ville de Montravel sur les rebelles du roi; avec la défaite des garnisons de la place, le rasement des murs de la ville, le nombre des chefs et gentilshommes prisonniers, la quantité desdits rebelles tués, pendus et exécutés, les enseignes et drapeaux envoyés au roi; ensemble le siége mis devant la ville de Clerac; le tout fait par M*ᵍʳ* le duc d'Elbeuf, général des armées de Sa Majesté en Gayenne* (28 février). Paris, P. Ramiez, 1652, in-8°, pièce. — D'Aubais a mis le siége de Montravel avant celui de La Force, transposition qui ne se trouve ni dans l'édition de La Rochelle, ni dans le manuscrit de la Bibliothèque impériale.

(³) Mot patois sur lequel Malingre disserte ainsi, dans son récit du siége de Clairac (t. II, p. 419) : « Les soldats de l'armée ne nommant les rebelles d'autre façon que *papillons*, soit parceque ceste engence est née de ces paquets de chenilles qui se sont engraissez dans ces tanières, ou parceque, comme papillons privez de sang et de sens, ils se brusloient eux mesmes au feu qu'ils s'estoient préparé, ou bien parcequ'ils les voyoient voler et voltiger ça et là avec des casaques blanches et habits de toille par dessus ces remparts et à l'entour des tonnes et barriques. » C'est cette dernière explication qui semble avoir prévalu. Si l'on veut connaître toutes les opinions qui ont été exprimées sur l'origine du nom de parpaillot, il faut consulter, dans le *Bulletin de la Société de l'Histoire du Protestantisme français*, les tomes VIII (p. 129), IX (p. 20, 209, 284, 379), X (p. 11, 109, 206), XI (p. 11, 238).

reprindrent Clérac (¹), Montflanquin (²) et Thoneins (³),
quy s'attirèrent les armes du Roy et le progrès du Duc (⁴).
Il se trouva obligé de les remettre en l'obéissance, l'entreprit généreusement, préveut les difficultez, y pourveut
autant qu'il pût, appelle les serviteurs du Roy, faict faire
des recreues de tous costez, et particullièrement convie
et conjure le mareschal de Thémines, lequel tousjours
prest à servir, s'achemine avec partie de ses trouppes,
laisse Contenant avec le reste aux environs de Montauban,
et vint offrir son assistance au duc d'Elbeuf.

A leur première conférence, fut resolud le siége de
Thoneins qu'ils estimèrent le plus important pour la
liberté de la rivière de Garonne, pour la satisfaction de
ceux de Bourdeaux, pour oster ce passage aux ennemis
du Roy, et par conséquent la communicquation de la
Basse-Guyenne et du Bearnois, quy ne pouvoyent encore
s'accommoder à l'obéissance. Et bien que cette place
estoit des trois la mieux fortifiée, ces deux généraux
bien correspondans à ce commencement, l'attacquent, et
du premier jour d'emblée et de furie emportent la première ville, forcent le chasteau, et y tuèrent plus de cent

(¹) *Mémoires* de La Force (t. II, p. 179), et surtout *Mémoires* de
Castelnaut (t. IV, p. 358-360). Comparez avec Malingre (t. II, p. 172
et suivantes). Je ne cite que Malingre, pour ne pas faire double emploi
en citant aussi le *Mercure françois*. Du Pleix nous donne, sur la prise
de Clairac, beaucoup de détails puisés presque tous dans l'*Histoire de
la Rebellion*.

(²) Sur la prise de Montflanquin (arrondissement de Villeneuve,
département de Lot-et-Garonne) par le marquis de Castelnaut, voir
les *Mémoires* de ce dernier (t. IV, p. 340-350).

(³) *Mémoires* de La Force (t. II, p. 180, 181). *Mémoires* de Castelnaut
(t. IV, p. 361-365). Malingre (t. II, p. 177). Du Pleix, pour tout ce qui
regarde Tonneins, mêle les renseignements fournis par Vignolles aux
renseignements fournis par Malingre.

(⁴) D'Aubais a ainsi modifié cette phrase : *Cela changea les progrès
du duc, et se trouvant obligé de les remettre en l'obéissance.*

cinquante hommes. Les ennemis néantmoins en se reti-
rans mirent le feu à la ville et au chasteau que l'on ne
pût jamais esteindre, et se renfermèrent au bourg Saint-
Pé distant de cinq cens pas.

Cette place estoit régullièrement fortifiée de trois grands
bastions et deux demy, quy des deux costez de la place
aboutissoyent à la rivière. Montpouillan se jetta dedans
pour y commander et avec luy le vicomte de Castets, quy
à la pareille de Nérac y voulut estre son soldat, et avec
eux de dix-sept à dix-huiet cens des meilleurs hommes
du party. Ceux-cy se sont trouvez de la race de ces vieux
huguenots, quy autres fois ont si bien deffendu leur
place.

L'armée du Roy en courage pour un sy bon commencement, faict ses approches gayement et se loge du costé
de la ville bruslée assez près, à la faveur de quelques
maisons quy se trouvèrent entières, où furent placez les
corps des régimens, et d'où tousjours durant le siége on
a substenté les gardes et le travail.

Le costé de Clérac quy est à l'opposite leur estoit libre,
et par ce moyen la communicquation de ces deux villes,
quy n'estoyent qu'à une demye lieue l'une de l'autre (¹).
La Force, directeur de cette affaire et protecteur des
assiégez, les visittoit deux fois le jour, et souvant couchoit et mangeoit à une grande maison de pierre quy
estoit dehors à cinquante pas près de la contrescarpe, de
ce costé dont ils estoyent les maistres.

Messieurs d'Elbeuf et de Thémines se faschèrent de
cette liberté, délibérèrent de la leur oster, et le jour des
Rameaux (²) se disposent de cette sorte.

Le Bourg-L'Espinace, mareschal de camp, est ordonné

(¹) Clairac est à six kilomètres de Tonneins.
(²) Le jour des Rameaux était le 20 mars

avec mil hommes choisis, pour emporter cette maison
dont nous avons parlé, et dont les assiegez se voulloyent
servir jusques à l'extrémité, et puis la brusler. Le mareschal de Thémines avec deux cens chevaux se mit sur la
venue de Clérac pour charger tout ce quy en sortiroit, et
parce que le pays est fort et rude, il print deux cens picques et autant de mousquets pour s'en servir selon le
besoing. Le duc d'Elbeuf prit sa place avec le mareschal
et le sieur du Bourg. Il avoit pour soustenir et rafraischir
l'un et l'autre deux cens chevaux en trois scadrons, et
six cens hommes de pied en deux bataillons. Et pour
divertir les assiegez et les occuper partout, fut laissé le
comte de Curson avec le reste de l'infanterie, pour attacquer une demye lune advancée du costé des aproches
desja faictes. Cette journée ne fut pas inutile. Le Bourg
après beaucoup de combat et perte d'hommes, demeura
maistre de cette maison qu'il conserva entière, et depuis
s'en est très bien servy. La cornette du sieur de la Force,
son lict et sa vaisselle d'argent y furent pris. Luy se
trouva court à l'alarme ; gens de pied et de cheval sor-
tent de Clérac pour le joindre et secourir leurs confrères,
mais là se trouva le mareschal de Thémines, quy le
chargea si rudement, que sa plus grande dilligence fut à
se retirer. Le duc d'Elbeuf y voulut prendre part, s'ad-
vança avec soixante salades, charge ce qui estoit rallié
sur la main gauche, et les meine du train que le mareschal menoit les autres jusques aux portes de Clérac.

Pour l'infanterie qui en estoit sortie, elle fut en partie
taillée en pièces. Là se perdit avec le duc d'Elbeuf,
Miremont, capitaine d'une bonne compagnie de chevaux-
légers, fils de Castelnau de Chalosse (¹). Faudoas fut

(¹) N. de Castille de Miremont de Castelnau de Chalosse, fils de Jean
de Castille, baron de Castelnau de Chalosse. Ce fut Henry Nompar de

blessé ([1]), et quelques autres gentils hommes. Le Bourg à
son attacque perdit quelques trente ou quarante hommes :
celle du comte de Carson fut repoussée autant de fois qu'il
l'opiniastra, et y fit perte de quatre ou cinq capittaines et
plus de quatre vingtz soldats. Ce soir arriva Vignolles,
que le Roy avoit tiré de sa maison, et presque du liet à
cause de ses blessures, par un courrier exprès qui luy
porta commandement de Sa Majesté de venir servir en
cette armée, en qualité de premier mareschal de camp.

A son arrivée, il conseilla d'attacquer pied à pied, n'es-
timant pas que ces hommes ny cette place se pussent
emporter de haute lutte. Il prit d'abord le soing de l'armée
et la fatigue du siége. Le Bourg-L'Espinace demeura en

Caumont lui-même qui tua Miremont. Du moins le déclare-t-il expres-
sément dans ses *Mémoires* (t. IV, p. 396). Ni Malingre, ni Du Pleix,
ni les autres historiens n'ont mentionné cette particularité. Le fils
n'avait pas tardé à suivre son père dans la tombe. On lit dans l'*Histoire
de Louis XIII* de Bernard (p. 366) : « Castelnau de Chalosse étant
décédé au siége de Montauban, le marquis de Castelnau, son fils, lui
succéda en la charge de sénéchal du pays de Marsan et de gouverneur
de la ville de Mont-de-Marsan. » Ce marquis de Castelnau, frère de
celui qui fut tué devant Tonneins, s'empara, quelques jours après,
de la ville de Mont-de-Marsan. (Lettre du marquis de La Force du
16 mai 1622, t. III, p. 259.)

([1]) D'après M. le marquis de La Grange (*Table générale des matières*,
t. IV des *Mémoires* de La Force), le Faudoas dont il est ici question
serait François d'Averton de Faudoas, ou, comme le désigne plus
exactement Moréri, François de Faudoas, comte de Belin, seigneur
d'Averton, baron de Milly, capitaine de cinquante hommes d'armes, etc. Ne serait-ce pas plutôt Henry Aimery de Faudoas, seigneur
de Seguenville, né le 29 juin 1589, fils de Jean Angé de Faudoas,
écuyer, seigneur de Seguenville, et de Bertrande du Bouzet ? Henry
Aimery, qui épousa Catherine de La Mothe, fille de Gérard de La
Mothe, seigneur d'Izaut en Comminges, fut lieutenant de la compagnie
de carabins de Pierre Perard de Rochechouart, baron de Faudoas,
avec lequel il avait été élevé, et il se trouva avec lui au siége de
Montauban, en 1621. (*Généalogie de la maison de Faudoas*, par Du
Fourny, 1724, Montauban, p. 173.)

cette maison de pierre qu'il avait forcée, laquelle il for-
tiffia, et toutte cette teste de Clérac, si advantageusement
que le siége fut assuré de ce costé la.

La Force estoit à Clérac, vigilant capitaine, les yeux
tousjours ouverts pour la conservation de cette place et
de ses amis qu'il y avoit engagés, les secouroit tantost
par terre, tantost par eau, ou de munitions de guerre, ou
de farines dont ils manquoyent, faute de moulins et non
pas de bled. Bref il agissoit de sorte qu'il obligeoit cette
armée à de si grandes gardes et en tant de divers lieux
qu'elle n'y pouvoit fournir.

Ceux de Bourdeaux pour la soulager envoyèrent à Monsieur d'Elbeuf six pattaches bien équipées sous le commandement de trois chevalliers de Malthe, Ponthac (¹),
Pichon (²), et Arrerac (³). Ils passèrent devant Thoneins,
essuyant les canonnades et les mousquetades de moins
de cent pas, et se mirent à l'ancre mil ou douze cens au-
dessus, pour empescher que rien n'entrast par la rivière;
ce qu'ils firent quelques fois et non pas tousjours (⁴).

(¹) Jean Baptiste de Pontac, qui fut reçu chevalier de Malte en 1603.
(O'Gilvy, *Nobiliaire de Guienne et de Gascogne*, t. II, p. 354, d'après
l'abbé de Vertot, qu'il oublie de citer.)

(²) Jacques de Pichon Pradelle, reçu en 1612. (O'Gilvy, *ibidem*,
t. II, p. 69.)

(³) Jean d'Arrerac, reçu en 1608, et qui, comme les deux autres
chevaliers qui viennent d'être nommés, appartenait à la langue de
Provence. (Vertot, *Histoire des Chevaliers hospitaliers de Saint-Jean de
Jérusalem, appelés aujourd'hui chevaliers de Malte, avec un catalogue
des chevaliers et un blason de leurs armes*, Paris, 1726.)

(⁴) Nous trouvons à cet égard dans Malingre (t. II, p. 183), ces
graves révélations : « Cinq pattaches arrivèrent de Bordeaux, pour
tenir la rivière en bride, et empescher le ravitaillement des assiegez
par eau, ce qu'ils eussent peu faire aisement, s'ils ne se fussent laissé
corrompre, et laissèrent passer quantité de farines, qui firent subsister
encore plus longtemps les assiegez, qui autrement eussent esté con-
traints de se rendre faute de vivres. M. le duc d'Elbeuf fut grandement

Pour remédier au mesme inconvénient par la terre et
mesnager les gardes, on fit depuis le cartier de Bourg
jusques à celuy du duc d'Elbeuf des forts à la hollandoise
de trois cens pas en trois cens pas, des lignes de communicquation de l'une à l'autre, et au milieu de chaque
ligne des redouttes pour tenir cinquante hommes.

On attacquoit les deux demy bastions, quy des deux
costez opposittes bordoyent la rivière. Le Bourg qui avoit
fortiffié la venue de Clérac, et travailloit de ce costé, força
un redoutte destaché que les ennemis tenoyent devant
leurs fossez et y fit un bon logement. Vignolles travailloit
du costé de la ville bruslée, et avoit à combattre un fossé
peu large, mais fort creux. Dès qu'il fut maistre de la
contrescarpe et qu'il y eut faict quelques corps de garde
bien couverts et si spacieux qu'on en pouvoit faire des
places d'armes, il voulut percer le fossé à la pointe du
bastion, mais il se rencontra un coffre de bois fait de
de solliveaux et grands madriers qui deffendoit cette
pointe et toutte cette ligne de fossé où ils avoyent encore
faict une barricade enterrée quy tenoit toute la largeur
et quy ne paraissoit qu'un pied sur terre. Ces flancs diffi-

indigné de cette trahison, fit prendre les chefs qui commandoient les
dites pataches, et les envoya prisonniers à Bordeaux, et cependant le
dit seigneur duc fit mettre du costé de la rivière le régiment du
commandeur de Montmorency, avec deux pièces de canon, pour empescher l'arrivée de tout autre ravitaillement. » Le *Mercure françois*
(t. VII, p. 468) est beaucoup moins explicite que l'*Histoire de la Rebellion* : « Le premier président de Bordeaux fit équiper six galiotes sous
la conduite de trois chevaliers de Malte. Mais on a escrit que les chefs
de ces galiotes s'estoient laissez surprendre, et aucuns corrompre,
laissant passer telle quantité de farines que les assiégés tindrent ce
siège en une longueur de plus de deux mois. » Le récit de Du Pleix
(p. 214) ne laisse planer aucun soupçon sur la fidélité des trois chevaliers de Malte bordelais. Croyons que Malingre, contre son habitude,
aura été mal informé !

ciles à oster l'obligèrent à faire son entrée trente pas au dessous, encore fut elle sy chaude et sy périlleuse, qu'il fut contrainct de s'ayder du feu pour faire quitter cette barricade et brusler ce coffre ; ce qu'il fit avec quantité de bois sec, de fagots enduicts de soulfre et de poix résine, et nombre de poinçons remplis de cette mattière. Ils donnèrent de la peine toutte une mattinée jusques à midy, et sy le coffre eut esté plus advancé vers le milieu du fossé, il en eust donné davantage. Le labeur et l'industrie de Clery, ayde de camp, y furent très utiles.

L'après-disnée, comme l'appétit vient en mangeant, et que l'on se vit maistre du fossé, on le voulut estre du bastion. Vignolles arriva à la tranchée, faict border la contrescarpe de mousqueterie, ordonne aux officiers quy estoyent en garde de faire incessemment tirer au hault du bastion dont le canon avoit battu les parapets, et fut cet ordre si bien observé, que les assiegez ne s'y pouvoyent tenir ny seullement paroistre. Pontis, lieutenant du maistre de camp de Picardie, est commandé de mener lui-mesme (¹) denx soldats avec chacun un pic pour se

(¹) On lit dans l'édition des *Pièces fugitives* : *Pontis va commander lui-même*. — D'Aubais a rédigé, à propos de Pontis, une note (p. 22) qui débute ainsi : « Voilà le grand exploit que Pontis fit au siège de Tonneins, raconté tout simplement et tout naturellement par Vignolles. L'auteur des Mémoires publiés sous le nom de Pontis, qui voulait faire un roman et se rendre agréable à ceux qui s'amusent à lire de pareils ouvrages, n'a garde de raconter le combat des piques devant le bastion de Tonneins comme Vignolles.... Ce serait se rendre aussi ridicule que cet auteur (Du Fossé), si on voulait réfuter sérieusement toutes les faussetés, les erreurs, les anachronismes, etc., dont il a rempli les Mémoires de Pontis. » Tout le reste est sur ce ton. A mon tour, j'ai eu l'occasion de m'occuper des hâbleries du prétendu Pontis dans un opuscule auquel je demande la permission de renvoyer le lecteur : *Quelques notes sur Jean Guiton, le maire de La Rochelle*, Paris, 1863 (p. 11, 12, 20-23), et tout l'appendice, intitulé : *De la valeur des Mémoires de Pontis au point de vue historique* (p. 25-32). M. Sainte-

loger à la pointe, ce que l'un fit à la main droicte, et
l'autre à la main gauche, si facilement, que quatre sont
encore envoyez à chaeque main, après six et puis dix.

Bref, la chose réussit si heureusement, qu'en peu de
temps, il y eut depuis le pied du bastion un degré de l'un
et de l'autre costé où l'on pouvoit monter comme à un
escallier. Soudain trente-cinq ou quarante soldats sont
commandez pour porter chacun un poinçon sur le hault
du bastion à la main droicte et autant à la main gauche,
si bien que d'un temps, soixante-dix ou quatre-vingts
poinçons se virent posez. Les assiegez partent de leur
retranchement, viennent en gros la picque à la main pour
les abbattre. Les capitaines Bouneuil (¹) et Pontis de
mesme en gros et la picque à la main pour les soustenir
d'un costé, le marquis de La Douze (²) et les siens en

Beuve, auquel j'avais respectueusement reproché son excessive indul-
gence envers le pseudo-Pontis, m'a fait l'honneur de discuter quelques-unes de mes objections dans une petite dissertation ajoutée à sa
nouvelle édition de *Port-Royal* (t. II, 1867, Appendice, p. 570-574).
L'éminent critique a très habilement, très spécieusement défendu
contre son humble contradicteur une cause insoutenable. Du reste,
en agissant ainsi, l'illustre avocat de Port-Royal est dans son rôle :
pour un avocat, même janséniste, y a-t-il jamais de mauvais clients ?

(¹) Est-ce le même que le capitaine d'une compagnie du régiment
de Picardie qui fut tué dans le combat du 30 avril, et qui, dans une
relation de ce combat (inscrite sous le n° 1952 du catalogue des livres
de la Bibliothèque impériale relatifs à l'histoire de France), est appelé
sieur de *Boneul?* Quelque faute d'impression aura changé, dans l'édition de La Rochelle, la lettre *n* en la lettre *u*. C'est probablement
encore une faute d'impression qui, dans l'*Histoire de la Rebellion*, a
transformé (t. II, p. 194) le sieur de Boneul en un « sieur de *Boneval*,
capitaine d'une compagnie au régiment de Picardie. » Le *Mercure*
donne (t. VII, p. 475) la bonne leçon : *Boneuil*.

(²) Charles d'Abzac de La Douze, marquis de La Douze, baron de
Lascours et de Vergt, premier baron du Limousin, etc., capitaine de
cinquante hommes d'armes, maréchal des camps et armées du roi.
Il leva, le 16 juillet 1621, un régiment d'infanterie de son nom, qu'il

firent autant de l'autre; force vollontaires y coururent,
et s'eschauffa un combat à coups de picques, à coups
d'espée, et mille mousquetades parmy, quy dura jusques
au soir, que le logement fut faict et parfaict, et une fort
bonne garde posée. La présence du duc d'Elbeuf qui n'en
bougea anima le combat jusques à la fin. Peu d'hommes
y furent tuez, mais force blessez.

Vignolles pour soustenir et conserver ce logis renforça
la garde de cette teste, laissa Seveze, ayde de camp (1),
avec cent cinquante pionniers, pour faire toutte la nuict
combler le fossé, travail faict avec sy grande dilligence,
qu'à unze heures du mattin, un canon et une couleuvrine
furent sur le bastion, et à quatre heures du soir sur leurs
platteformes en batterie pour tirer aux retranchemens,
quy estoyent très bien ordonnez, mais n'estoyent pas en
leur perfection.

Tel se trouva l'estat du siége au vingt-deuxiesme avril
que les assiégez incommodez de maladies, et pressez de
logemens, entendent à parler, et font sortir deux députtez
pour faire leur condition. Pour ce coup on ne leur
accorda que la discrettion seullement, et puis on leur
offrit la vie, et aux capitaines et gentils hommes l'espée,
dont ils se moquèrent. La Force toujours à Clérac, se
résoult de tout hasarder plustost que les perdre, assemble

commanda au siége de Montauban et de Monheurt. Il fit son testament
le 20 février 1659. Il avait épousé, par contrat du 18 janvier 1620,
Jeanne Louise Chapt de Rastignac. (Courcelles, t. IX, p. 42.) On trouve,
dans l'*Armorial général de la France* de d'Hozier, deux excellentes
généalogies des familles d'Abzac (IIe registre) et de Chapt de Rastignac
(IIIe registre).

(1) Le marquis de La Force (lettre du 2 mai 1622, p. 256 du t. III)
annonçait que Sevèze avait été tué dans le combat du 30 avril. Je ne
retrouve pas ce nom dans les diverses listes des victimes de ce
combat données par Malingre et par les autres historiens contemporains.

tout ce qu'il peut et par ses contenances tient l'armée en telles jalousies et telles fatigues qu'elle n'en pouvoit plus.

Le vingt-huict avril, il part de Clérac, faict bruict d'aller à Saincte-Foy, où le peuple murmuroit d'obéir au Roy qui avoit pris Royan et s'aprochoit d'eux. Il prend le logis de Gratteloup (1) droict chemin de Saincte-Foy, et confirma par là l'opinion qu'il avoit donnée qu'il s'en alloit pour sauver cette place.

Le vingt-neufviesme, audict Gratteloup, il faict battre aux champs, sonner à cheval, et les espions de l'armée le virent partir et prendre la routte de Saincte-Foy. Il ne fit que demye lieue, retourne sur ses pas, reprend son logement et employa toutte cette journée à prendre ses mesures et ajuster son poinct (2). Le soir, il part sans bruict, marche toute la nuict pour surprendre l'armée, et l'aborder par la seulle advenue quy luy estoit accessible. De ce costé l'armée estoit couverte de dix compagnies de gens de cheval logées dans des fermes, une ferme pour compagnie, à mil pas l'une de l'autre, et la plus esloignée à demie lieue du champ de battaille.

Tout cela n'empescha pas que le dernier du mois, entre quatre et cinq heures du mattin, il ne prit le sien à six cens pas près, n'ayant les deux places d'armes qu'un chemin creux entre deux pour les séparer. Son infanterie estoit à sa teste en trois battaillons dont le plus léger estoit devant faisant triangle avec les deux autres quy le soustenoyent d'une distance assez égalle. Derrière ces deux estoit la cavallerie en cinq scadrons, dont les deux

____

(1) Grateloup (canton de Castelmoron, arrondissement de Marmande). Du Pleix (p. 215) met Grateloup « à deux petites lieues de Tonneins. »

(2) Ajuster *son projet* (d'Aubais).

paroissoyent à la main droicte de leurs battaillons, ces autres deux à la gauche; mais assez loing derrière et non pas aux aisles. Le scadron plus fort et le cinquiesme estoit derrière tout qui sembloit pousser les autres.

Dans l'armée la plus fatiguée et la plus nécessiteuse qu'on vist jamais, on faisoit de nécessité vertu. Celle du duc d'Elbœuf et sa bonne mine cachoit ses deffaulx et relevoit les foiblesses. Le mareschal de Thémines estoit malade à l'extrémité (¹). Vignolles encore incommodé de ses blessures faisoit ce qu'il pouvoit (²) et s'attendoit bien tousjours qu'on verroit les ennemis. Il avoit ordonné la moitié de la cavallerie pour entrer en garde touttes les nuicts et que le reste dormiroit la bride à la main, pour au premier coup de canon se rendre au champ de bataille. Il avoit disposé partie de l'infanterie pour en cas de secours s'y rendre incontinant, et l'autre partie et la

(¹) Déjà, le 2 avril 1622, le marquis de La Force écrivait de Clairac (t. III, p. 245) : « Nous avons su par un trompette des ennemis que M. de Themines est malade, et on l'a porté à Marmande; qu'on a aussi emporté le comte de Lauzun blessé à une cuisse, et le comte de Gurson d'un coup de mousquet à travers l'épaule gauche.... » Le même, dans une lettre du 2 mai (*ibidem*, p. 255), disait : « On assure que le sieur de Themines est grandement mal, et qu'on l'a porté au Mas. » Je ne vois dans aucun des récits du temps que Themines ait abandonné l'armée. Le *Mercure* (t. VII, p. 474) nous parle ainsi de Themines à la journée du 30 avril : « Son courage et son ardeur à combattre, surmontant sa débilité et l'ardeur de sa fièvre, le fit poursuivre les ennemis jusques dans le bois, où surpris d'une défaillance l'on le coucha sur la terre. » Sur la belle conduite de Themines, voir Du Pleix (p. 215), Bernard (p. 360).

(²) Le *Mercure* (t. VII, p. 474) daigne constater que Vignolles « quoyqu'incommodé d'un bras, combatit et fit très bien la charge de premier maréchal de camp. » Malingre signale, à plusieurs reprises, notamment (p. 190, 192), le rôle important joué, le 30 avril, par ce « très sage et courageux chevalier. » Du Pleix (p. 216) et Bernard (p. 360) ont comblé d'éloges notre Bertrand de Vignolles, à l'occasion du combat dont il contribua tant à assurer le succès.

plus forte pour demeurer aux tranchées y recevoir et
combattre ceux qui sortiroyent de la ville selon l'ordre
qu'il leur avoit donné, qui n'estoit poinct, ce luy sembloit, facile à rompre : luy avec son général avoit passé
toutte cette nuict du vingt-neuf au trente à cheval avec
les gardes et les vedettes plus advancées, et bien peu
devant jour tous deux estoyent allez reposer, ayant laissé
le sieur d'Ambres, mareschal de camp (¹), pour commander à la garde.

La Force arrivant à la veue du camp, fit partir vingt
salades pour donner droict au logis du général et y entre-
prendre selon l'occasion. Cette trouppe menée par un
nommé le Grand Castain, soldat résolut et digne de cette
commission (²), fut rencontrée par le vicomte d'Arpa-

(¹) D'après Pinard (t. VI, p. 76), c'était Lisander de Gelas de Voisins,
baron d'Ambres, nommé maréchal de camp par brevet du 16 décembre 1621, et tué au combat du 30 avril. M. le marquis de La Grange,
qui l'avait aussi appelé Lisander de Gelas, et avait ajouté qu'il avait
épousé, en 1588, Ambroise de Voisins (note de la p. 194 du t. II des
Mémoires de La Force), corrige son assertion (à l'*errata*, p. 604 du
t. IV) en remplaçant le prénom de *Lisander* par celui de *Louis*. C'est
aussi ce dernier prénom qu'indique le marquis d'Aubais, qui marie
ce Louis : 1° avec Paule de Pardaillan, fille d'Hector, baron de Gondrin
et de Montespan ; 2° avec Louise de La Châtre, fille de Gaspard, seigneur de La Châtre. D'après le même généalogiste, Louis de Voisins
était fils de François de Voisins, baron d'Ambres, vicomte de Lautrec,
sénéchal de Lauraguais, gouverneur de Castres et de Lavaur, et
d'Anne d'Amboise. Le *Lisander* de Pinard et le *Louis* de d'Aubais
semblent bien ne faire qu'un seul et même personnage. M. de La
Grange avait confondu le Lisander qui épousa Ambroise de Voisins
avec celui qui fut le frère de cette même Ambroise, laquelle, après la
mort de ce frère, apporta à son mari les terres, le nom et les armes
des Voisins, barons d'Ambres et vicomtes en partie de Lautrec. Voir
le P. Anselme (t. IX, p. 174), le *Dictionnaire de la Noblesse* de La
Chenaye des Bois (t. IX, p. 116), etc.

(²) Le marquis de La Force (lettre écrite de Clairac le 30 avril,
t. III, p. 254) nomme parmi les *braves gens* tués dans le combat de
ce jour, M. de Grand-Castoing. Dans une autre lettre du 2 mai (*ibidem*,

jon (¹) et dix ou douze gentils hommes vollontaires, où se trouvèrent Saint-Chamaran (²), des Arras, Tilh, et quelques autres ; et les chargèrent si vertement, qu'elle fut rompue et deffaicte. Cinq ou six furent tuez entre lesquels se trouva le Grand Castain. On croit qu'Arpajon le tua d'abord d'un coup de pistollet.

p. 256), il fait une courte oraison funèbre de ces braves gens qui « sont grandement à plaindre, » et ajoute : « les pauvres MM. de Grand-Castaing et Campagnac étaient avec moi. » Dans les *Mémoires* du marquis de Castelnaut (t. IV, p. 438), le nom du premier est ainsi écrit : « M. de Grand-Castaing de Longua. » Le marquis de La Grange n'a pu nous donner aucun renseignement sur ce personnage, et je ne suis pas, à mon grand regret, plus heureux que le savant éditeur des *Mémoires* du duc de La Force.

(¹) Louis, vicomte, puis duc d'Arpajon, créé maréchal de camp le 4 mai 1622, jour de la réduction de Tonneins. Il devint, plus tard, lieutenant-général, et mourut le 6 mai 1679. Voir Pinard (t. IV, p. 14-18). Pinard, après avoir rappelé que d'Arpajon avait été blessé en trois différentes rencontres au siége de Montauban, raconte ainsi le brillant fait d'armes auquel il prit part le 30 avril : « Lui sixième il chargea et défit un escadron ennemi qui venait au secours de la place, tua de sa main le commandant, et donna par sa résistance le temps aux troupes de se mettre en état de repousser le secours. » D'Arpajon, en 1634, servit sous les ordres du maréchal de La Force (*Mémoires*, t. III, p. 66). Voir encore sur lui les mêmes *Mémoires* (t. III, p. 173, 149, 203, 391). Il a un article étendu dans le *Moréri* de 1759.

(²) Ce devait être Bertrand de Peyronenc, seigneur de Saint-Chamarand en Quercy, marié le 3 août 1605 avec Françoise de Bourbon, fille de Henry de Bourbon, vicomte de Lavedan, baron de Malauze. Était-ce un fils de Pierre de Peyronenc, seigneur de Saint-Chamarand, Frayssinet, Peyniés et autres lieux, chevalier des ordres du roi et capitaine de cinquante hommes d'armes de ses ordonnances, qui fut tué, à côté d'un de ses fils, à Agen, le 4 janvier 1591, dans des circonstances retracées d'une façon remarquable par M. Adolphe Magen (*La ville d'Agen sous le sénéchalat de Pierre de Peyrenenc. Mémoires lus à la Sorbonne*. Paris, 1866, p. 501-530. Imprimerie impériale)? — Je ne sais rien ni sur des Arras, ni sur Tilh. — Du Pleix (p. 215) nomme encore Prodigal, La Serre, Brigantin. Ailleurs, on appelle Le Sarras celui qui, dans Du Pleix, est appelé La Serre. (Pièce marquée 1957.)

Le duc d'Elbeuf fut au champ de bataille presque aussytost que l'ennemy parut, où il ne trouva que la moitié de la garde quy pouvoit faire cent chevaux, l'autre moitié estant allée repaistre, comme ils avoyent accoustumé et qu'il leur estoit ordonné après qu'il estoit grand jour, pour revenir à midy relever leurs compagnons. Ce prince de sa contenance très bonne, assure cette cavallerie quy en avoit bon besoing, la ralie et se met en battaille à soixante pas près du chemin creux dont nous avons parlé, quy séparoit les deux armées. Vignolles courant à l'allarme, rencontre en sortant du cartier trois cornettes de cavallerie, se met à leur teste, et au galop se rend près de son général, où il n'est pas arrivé qu'il voit partir le battaillon plus advancé des ennemis, et marcher droict au champ de battaille, et pour ne se rompre poinct, y venoit par le hault du chemin creux, où il est plus plain et plus aysé. Luy jugeant que cette trouppe s'emparant du champ de battaille, il n'y avoit plus de moyen de s'y rallier, que le général s'y perdoit, et par conséquent tout le reste, pense qu'il fault en cette occasion hasarder une partie pour sauver le tout. Il s'advance donc le long d'une haye quy bordoit le chemin avec ses trois cornettes, et comme la teste de ce battaillon avoit passé ledict chemin d'environ dix ou douze rangs, il faict partir de vingt pas le jeune baron de Valencé (¹) avec trente

(¹) Si Vignolles n'avait pas dit, en parlant de Valencé, le *jeune baron*, j'aurais cru qu'il s'agissait là de Jacques d'Estampes, marquis de Valençay, né le 28 novembre 1579, lequel, dit Pinard (t. VI, p. 77), commanda la cavalerie à l'armée de Guyenne en 1615 et 1616, fut nommé chevalier des ordres du roi le 31 décembre 1619, assista aux siéges de Saint-Jean d'Angély, de Clairac, de Montauban et de Monheurt, et devint maréchal de camp le 14 mai 1622. Peut-être le jeune baron de Valençay était-il un fils de celui-là, Jean, dit le baron de Bellebrune, lieutenant colonel de la cavalerie légère de France, qui fut tué au siége de Privas, en 1629. (Moréri, au mot *Estampes*.)

sallades qui charge au flanc, donne au mitan (¹) des
picques, et y faict jour. La seconde charge fut faicte
par La Motte d'Autefort (²) quy fit effaict. Luy fit la
troisiesme en pourpoinct avec vingt-deux salades de
la compagnie de Chamberet, menée par le baron de
Vassé (³).

Ces trois charges ne deffirent pas le battaillon, mais le
rompirent, le contraignirent de se jetter en désordre dans
le chemin creux, où il se logea néantmoins la picque
basse et le mousquet sur la fourchette, avec ce désad-
vantage pour l'armée du Roy, que ce chemin fut en feu
tousjours durant qu'elle se mit en ordre. Vignolles hors
du combat change de cheval, le sien estant blessé en
divers lieux de coups de picques et de mousquett, reçoipt
les trouppes quy viennent de tous costez, place les battaillons et les scadrons comme ils se rencontroyent sans
observer ny rang, ny gauche, ny droicte. Celuy de Picardie commandé par la Passe fut advancé tout à la gauche
à l'un des boust du chemin creux ; celui de Piedmont
commandé par Lambert fut placé tout joignant à trente

(¹) D'Aubais a remplacé *mitan* par *milieu*.

(²) Courcelles (généalogie de Hautefort, t. XI) signale (p. 113) une
branche, qui a cessé d'exister en 1714, à laquelle appartenait La
Motte d'Autefort. Ce gentilhomme descendait de Jean de Hautefort,
écuyer, seigneur du fief de la Motte ou de la Mothe, fief qui lui fut
donné par Antoine, seigneur de Hautefort et de Thénon, dont il était
fils naturel. Jean de Hautefort servit en qualité d'homme d'armes des
ordonnances dans la compagnie de Gilbert de Chabannes, sénéchal de
Guyenne, en 1472.

(³) C'était, si j'en crois d'Hozier (registre I, p. 669), Lancelot de
Vassé, seigneur de Vassé, baron de La Roche Mabille, chevalier des
ordres du roi l'an 1619, lequel, de son mariage avec Françoise de
Gondi, fille d'Albert de Gondi, duc de Retz, pair et maréchal de
France, a laissé une postérité détaillée à la page 87 du tome IX des
Grands Officiers de la Couronne. Le nom patronymique du baron de
Vassé était Grognet.

pas de distance : Riberac (¹) avancé aussi en mesme ligne à l'autre bout du chemin, tint toutte la main droite avec deux bataillons de son régiment qui estoit fort : bien peu derrière et au milieu estoit le duc d'Elbeuf, qui avoit à sa droicte un battaillon des comtes de Flech et de Grignaux (²), qui tous deux n'en faisoient qu'un : et à l'aisle de ce bataillon estoit l'escadron du mareschal de Thémines, commandé par Nadaillac (³), au mesme ordre. Il avoit à sa gauche les gens de pied de Lauzun et de La Douze, et à leur aisle l'escadron du mareschal d'Aubeterre commandé par La Pujade (⁴).

(¹) Sur le comte de Riberac, voir les *Mémoires* de Bassompierre, t. II, p. 391. Les Riberac appartenaient à la maison de Candalle, comme l'a rappelé Florimond de Raymond, *Histoire de l'Hérésie*, p. 856 de l'édition de 1623.

(²) Un savant ami, M. Adolphe Magen, me renvoie, pour le premier de ces personnages, aux *Mémoires* de Mᵐᵉ de Motteville (chap. XIII, 1646) : « On y tua (à la prise de Mardick) le comte de Flech, gendre de la marquise de Senecé, dame d'honneur de la reine, honneste homme, et qui, avec beaucoup de qualités, avoit beaucoup de mérite ; » et pour le second, à un passage de l'*Histoire de la guerre de Guyenne*, par Balthazar, et à une note de l'éditeur, M. C. Moreau, note d'après laquelle le comte de Grignaux n'était autre que André de Talleyrand, comte de Grignols. Je retrouve la mention de la mort du comte de Fleix (Jean Baptiste Gaston de Foix) dans les *Mémoires* de Mˡˡᵉ de Montpensier (édition Chéruel, t. I, p. 125). Bassompierre parle souvent d'un marquis de Grignaux qui doit être le même que André de Talleyrand. (T. II, p. 391, 401, etc.)

(³) François du Pouget, IIᵉ du nom, baron de la Villeneuve et de Nadaillac, chevalier de l'ordre du roi, gentilhomme ordinaire de la chambre, capitaine de cinquante hommes d'armes des ordonnances, etc. Il était enseigne de la compagnie du maréchal de Thémines en 1621. Il avait épousé, en 1598, Marie Pot de Rhodes, fille de Guillaume Pot, chevalier, seigneur de Rhodes, grand-maître des cérémonies de France. (Courcelles, généalogie du Pouget de Nadaillac, en Quercy, t. II, p. 11.)

(⁴) Est-ce le même que celui dont parle le marquis de Castelnau (*Mémoires*, t. IV, p. 344, à l'année 1622) comme d'un gentilhomme

Le duc d'Elbeuf d'une action toutte de soldat, formoit luy mesme ses trouppes et les animoit, cependant que Vignolles attacquoit le chemin creux où s'estoyent logez les gens de pied desja battus. Il les attacqua avec les enfans perdus de Picardie et de Piedmont d'un costé, et mande à Ribérac d'en faire autant de l'autre avec les enfans perdus de ses deux bataillons. Ce chemin fut mal disputté. Les ennemis firent une salve d'aller près, puis le quittèrent fuyans et jettans leurs armes avec un effroy qu'ils portèrent au corps de leurs trouppes comme vous verrez. En mesme temps les quatre battaillons susnommez ont ordre de passer dans le champ où La Force estoit en battaille. Vignolles avec quelques compagnies de cavallerie qui arrivoyent se jette dans l'intervalle du millieu, et le remplit de ses petits squadrons qui le venoyent de joindre. En cet ordre il marche droict aux ennemis, supplie Monsieur d'Elbeuf par un gentilhomme de s'advancer en l'ordre qu'il est, et qu'il luy respond du combat. Les ennemis à cette bonne contenance la font très mauvaise, branlent, et sans attendre une mousquetade seullement montrent le flanc, et d'un temps se mettent à vau de route. La cavallerie s'en va à toutte bride, et payant de l'infanterie, la laisse à la discrétion de celle du Roy, quy en fit une grande boucherie, et parce que ces scadrons s'en alloyent entiers, et qu'ils pouvoyent se rassurer et tourner, Vignolles s'advance avec ceux qu'il avoit, commande les compagnies de Messieurs d'Angoulesme, de Verneuil et de feu de Miremont, pour engager et presser cette retraicte, et pour ne tomber en l'inconvénient quy

catholique des environs de Tournon? Je le croirais d'autant mieux que Du Pleix, comme Castelnaut, l'appelle *de La Poujade*. Du Pleix en fait le lieutenant du maréchal d'Aubeterre, et dit qu'il commandait la compagnie d'hommes d'armes de ce maréchal.

peut apporter un ralliement faict à propos, il les fit soustenir de soixante pas près par les cornettes du vicomte
d'Arpajon, baron de Civrac (¹), du Cros, et Faudoas, quy
suivirent cette victoire une grande lieue et demie. Le
marquis de La Force tourna à un pont, où ils se trouvèrent pressez, ramena les plus hastez plus de cent pas, et
y tua Puifaucon, mareschal des logis du duc d'Angoulesme : de là il fut poussé pour la dernière fois et ne s'y
vit plus de raliment.

Vignolles qui suivoit et faisoit suivre cette victoire avec
tout l'ordre qu'il pouvoit, est adverty que la tranchée
alloit très mal. Cela fut cause qu'à l'aisle de la Gauterenque (²), forest proche de Thoneins, par où les ennemis se
retiroyent, il fit sonner à l'estendart, et là attendit le duc
d'Elbeuf, qui arrivoit avec sa battaille en très bon ordre.
La vint aussy le mareschal de Thémines, que la chaleur
de servir et de combattre, plus forte d'une grosse fiebvre
continue qui le tenoit, avoit tiré du lict (³). Ils furent
conseillez sur cette nouvelle de retourner au champ de
battaille, y louer Dieu de la victoire qu'il leur avoit donnée
et pourvoir à ce qui estoit du siège.

Vignolles, après avoir ralié ceux qui avoyent suivy les
ennemis les y vint trouver, apprit d'eux la grande sortie

(¹) Ce baron de Civrac était un Duras. On sait que les seigneurs de
Civrac descendaient de Jean de Durfort, seigneur de Duras et de
Blanquefort, maire de Bordeaux en 1487, qui épousa Jeanne, dame
de Rozan, de Pujols et de Civrac.

(²) L'édition de 1629 et celle de 1759 portent : *Gauterenge*. La leçon
du manuscrit est la bonne. M. Lagarde (*Recherches historiques sur la
ville de Tonneins*, 1843, p. 100) appelle cette forêt *la forêt de La Gau-
trenque*. Le marquis de Castelnaut (t. IV, p. 437, 444, 445, 446) donne
la variante : *Gautarenque*. La relation déjà citée (nº 1957) mentionne
« le bois de La Gauterenque distant d'une volée de canon de Tonneins. »

(³) Cette phrase a été littéralement copiée par Bernard (p. 360).

qu'avoyent faict les assiégez, par laquelle les tranchées avoyent esté emportées entièrement, les gardes taillées en pièces et tous les maistres logemens bruslez et rompus, hormis ceux dontils se vouloyent servir.

Entr'eux trois, il fut resollu de les attacquer tout chaudement et de reprendre au prix du sang et de vies ce que l'on avoit perdu. Ce pacquet estoit pour le mareschal de camp. Il ne se laissa poinct commander, dit à ses généraux : je m'en vay faire ce que je pourray affin que l'honneur de cette journée toutte entière vous demeure. Il prend (1) l'infanterie, faict réconnoistre l'estat des ennemis, dispose ses attacques par petittes trouppes souvant rafraischies, et faict donner d'un temps par la droicte, par la gauche, et au mitan (2). Partout les ennemis se deffendirent. Le combat fut chaud et opiniastré six (3) heures durant. Sur le soir néantmoins, il fut maistre de la tranchée et de tous les logemens, hormis celuy qui estoit faict sur le demy-bastion, où les assiégez avoyent trouvé un canon et une coulevrine en batterie, qu'ils roullèrent dans leurs retranchemens, et ne furent recouverts qu'avec la place.

Ce dernier combat de la tranchée cousta au Roy cent cinquante hommes de son infanterie, et n'y eut pas moins de huict ou neuf capitaines, lieutenans, ou enseignes tuez sur la place. A celuy de la campagne, ses ennemis perdirent de sept à huict cens hommes. Sa Majesté y perdit de personnes de nom Cornusson, mareschal de camp, et séneschal de Thoulouse (4); d'Ambre, aussi mareschal de

---

(1) D'Aubais dit : Il prend *l'état de* l'infanterie.

(2) D'Aubais traduit ce mot, si souvent employé par Brantome, et que le patois a si bien conservé.

(3) D'Aubais a mis *diæ* pour *sia*.

(4) Jean de La Valette, seigneur de Cornusson. Député de la séné-

camp (¹); le vicomte de Montelar, son neveu (²); le jeune
Hautefort (³); Clery, aide de camp et homme de service;
Cazaux, lieutenant de chevaux légers; Puifaucon (⁴),
mareschal des logis du duc d'Angoulesme; Ganet, gentilhomme d'Agenois, fort brave homme (⁵); et en tout vingt

chaussée de Toulouse, il avait assisté aux États de Blois, en 1588.
Voir Moréri, au mot *Valette*. — Pour les Cornusson en général, voir
dom Vaissète, t. V, *passim*, de la page 345 à la page 610.

(¹) C'est celui dont il a été parlé un peu plus haut.

(²) D'Aubais l'appelle Louis de Voisins, vicomte de Montela *(sic)*,
baron de Salvagnac, et le dit fils de Jacques de Voisins et d'Anne,
vicomtesse de Montela. Son oncle, le marquis d'Ambre, par un testament du 2 avril 1622, l'avait institué son héritier universel. Comme
ils furent tués en même temps, cela donna lieu, dit le président
Gramond, cité par M. le marquis de La Grange, à un procès entre la
mère du vicomte de Montelar et les héritiers du marquis d'Ambres.
Castelnaut raconte ainsi (t. IV, p. 439) la double mort de l'oncle et
du neveu : « Monsieur d'Ambres et son neveu le marquis de Montelar
s'étant débandés de la dite troupe, le dernier fut tué d'un coup de
carabine en passant dans de l'infanterie; et le premier s'étant jeté
sur le gros de cavalerie de M. de Castelnaut, son cheval, qu'on disait
fort mal embouché, y fut tué, et lui ayant été porté par terre, on le
tua d'un coup de pistolet dans la visière, ses armes n'ayant pas été
offensées. »

(³) Ce jeune Hautefort était, d'après Malingre (t. II, p. 194), le frère
de celui dont il a été déjà question.

(⁴) *Puifaudion* dans d'Aubais, Puifaucon dans l'édition de 1629,
Puy-Faucon dans Du Pleix. La leçon de d'Aubais provient évidemment
d'une faute d'impression.

(⁵) J'aurais été bien embarrassé pour dire ce qu'était ce Ganet, si
je n'avais eu le bonheur de recevoir de la main de Mᵐᵉ la comtesse
de Raymond les renseignements que voici, pour lesquels je la prie
d'agréer la publique expression de mes plus vifs remerciments, ainsi
que pour toutes ses autres gracieuses et excellentes communications.
Ce *fort brave homme* était Sanx Dupin, sieur de Ganet, dont la fille
unique, *Jeanne*, fut fiancée, deux ans plus tard, dans la ville d'Agen,
à noble Herman de Sevin, écuyer, habitant de ladite ville (contrat de
mariage du 19 juillet 1624, passé devant Antoine Monsacré, notaire
royal, et conservé dans les archives de la famille de Sevin). L'héritière
de *feu noble* Sanx Dupin apporta dans la maison de Sevin le nom de

ou vingt-deux gentils hommes. Le marquis de La Douze
y fut blessé d'une mousquetade dans le corps. Le baron
de Valencé le fut aussy de deux mousquetades aux deux
bras et son cheval tué de plusieurs coups de picques.
L'on peut dire avec vérité qu'il les affronta sans les
abayer. Tous les drapeaux de l'infanterie furent pris et
presque tous les capittaines, ou tués.

Le lendemain les assiégez, bien que fiers de leur sortie,
parurent estonnez. Ils avoyent veu battre leur secours
à n'en espérer plus, et se trouvèrent si affligez de maladies, que le 4me de may ils parlèrent du mattin, et
l'après disnée leur composition fut accordée, vies,
armes et bagages, en bataille, sans drapeaux ny tam-
bours, et la meiche esteincte [1]. Le sixiesme, ils sortirent encore, sans les malades, douze cents hommes

Ganet, et son fils s'appela, en conséquence, noble Jean François de
Sevin, seigneur de Ganet.

[1] Vignolles n'est pas d'accord, sur ce point particulier (mèche
éteinte), avec La Force (p. 197 du t. II), avec le fils aîné de La Force
(lettre du 6 mai, t. III, p. 258). Castelnaut parle seulement (t. IV, p. 448)
du « tambour battant, » et de l'« enseigne déployée. » Du Pleix (p. 216)
affirme que les assiégés eurent « vie, armes et bagues sauves, » mais
qu'ils durent sortir « mèche éteinte, drapeaux ployés et caisse déban-
dée. » Un document officiel tranche la question. Dans les articles de
la capitulation tels que les reproduit l'historiographe Malingre (t. II,
p. 312), on lit (3e article) : « armes et bagues sauves, *mèche allumée.* »
Les défenseurs de Tonneins méritaient cet honneur, et La Force a eu
le droit de dire d'eux (t. II, p. 197) : « C'étoit la fleur de tous les
meilleurs hommes qui avoient fait des merveilles, et tant s'en faut
que l'on eût gagné un pouce de terre sur eux, que d'une méchante
place lorsqu'ils furent assiégés, ils l'avoient rendue très bonne, et à
toutes les batteries et mines que firent jouer les assaillants, ils n'y
gagnèrent jamais que des coups ; avec cela une quantité de sorties,
et si glorieuses, que ceux qui ont vu le siège de Montauban tiennent
qu'il ne s'y passa des choses plus remarquables. » Malingre, lui aussi,
déclare (t. II, p. 314) que les assiégez firent « des merveilles et choses
extraordinaires. »

de guerre. La capitulation leur fut tenue exactement (¹).

On trouva mauvais qu'on leur eut promis la vie, par ce, disoit-on, que c'estoyent bons hommes qui de cette place se pouvoyent jetter dans une autre et rendre les conquestes du Roy d'autant plus difficiles. M. d'Elbeuf se deffendoit de l'extresme nécessité, seulle cause d'un desbandement de trouppes si général dans l'armée qu'il commandoit, que s'il ne les eust pris à leur mot, il luy falloit lever le siège (²). Il fault notter néantmoins qu'il les obligea, par le premier article de la capitulation, de ne porter les armes de six mois contre le service du Roy, ce que les chefs et gentils hommes signèrent et tous les soldats qui sçeurent escrire pour eux et pour tous les autres qui tous l'ont très bien tenu (³). Montpouillant

(¹) C'est ce que conteste le marquis de La Force (lettre du 6 mai 1622, t. III, p. 258) : « ... contre la capitulation, les ennemis ont désarmé presque tout le régiment de M. de Théobon et partie de celui de M. de Lusignan et de M. de Castets, mais fort peu de celui de mon frère de Montpouillant. Ils avoient promis aussi de faire conduire jusqu'ici trois bateaux où on avoit mis les personnes les plus malades, mais les ennemis les ont, presque tous ceux qui étoient dedans, pillés, poignardés, même des femmes de quatre-vingts ans, et jetés dans la rivière, et la plupart aussi du bagage qui étoit venu par terre, pillé. »

(²) Du Pleix nous apprend (p. 216) que le duc d'Elbeuf ayant rejoint avec son armée le prince de Condé à Montségur, « pour recevoir désormais l'ordre de luy, comme général de toutes les trouppes, le prince témoigna au duc qu'il étoit fort fâché de la composition qu'il avoit faite à la garnison de Tonnenx, composée des plus mauvais garçons que les rebelles eussent en Guienne, et lui en dit de grosses paroles : d'autant que les pouvant aisément forcer ou prendre à discrétion ès extrémités qu'ils se trouvaient, il affaiblissait grandement le parti de la rebellion en cette province. Mais le duc d'Elbeuf, considérant que le prince venait triompher de ses travaux et périls, post posa ces considérations à ses intérêts particuliers. » Bassompierre (t. III, p. 69) dit de Condé : « Il pensoit aussi faire la capitulation de Tonneins, mais M. d'Elbeuf et le maréchal de Themines, sçachant sa venue, se hâtèrent de recevoir la ville à capitulation. »

(³) Pour le siège de Tonnens, je renverrai surtout aux *Mémoires* de

sortit si mallade d'une blessure qu'il avoit eue à
la teste qu'il en mourut le cinquiesme jour à Clé-

La Force et de Castelnaut, ainsi qu'à la correspondance du marquis
de La Force (t. II, III et IV, *passim*). Je renverrai aussi à Malingre,
au *Mercure françois*, à Du Pleix, d'une manière générale. Enfin, j'indiquerai diverses pièces inscrites au tome I du catalogue des imprimés
de la Bibliothèque impériale (LB⁹⁶) :

Nᵒ 1845. *La victoire emportée au champ de bataille contre le marquis de
La Force, par Mᵍʳ le duc d'Elbeuf, avec le nombre des morts et les particularitez de la bataille* (30 janvier). Paris, A. Saugrin, 1622, in-8ᵒ, pièce.

Nᵒ 1846. *Nouvelle défaite des troupes de Clerac, ensemble la furieuse
rencontre des dites troupes, par Mᵍʳ le duc d'Elbeuf, le dixième du présent mois* (février). S. L., 1622, in-8ᵒ, pièce.

Nᵒ 1900. *La prise des deux villes basses de Thonins, et la défaite de
MM. de La Force, par Mᵍʳ le duc d'Elbeuf, lieutenant général pour le
roy en Guyenne, ensemble tout ce qui s'est passé depuis le douzième de
mars jusques à présent.* Paris, par F. Colin, 1622, in-8ᵒ, pièce.

Nᵒ 1911. *La défaite de huict cents hommes des gens du marquis de La
Force, avec la prise de Tonins, et la blessure mortelle du dit marquis de
La Force, son secours mis et taillé en pièces : le tout fait par Mᵍʳ le duc
d'Elbeuf* (20 mars). Paris, P. Ramier, 1627, in-8ᵒ, pièce.

Nᵒ 1912. *La défaite mémorable de quatre cents hommes des troupes de
M. de La Force, venant au secours des assiégés de la ville de Thonins,
par Mᵍʳ le duc d'Elbeuf, avec toutes les particularités de la bataille.*
Paris, G. Drouot, 1622, in-8ᵒ, pièce.

Nᵒ 1957. *Véritable naré de tout ce qui s'est passé samedi dernier 30 du
mois d'avril au siége de Tonneins.* Bourdeaux, par Millanges, 1622, in-8ᵒ.

Nᵒ 1958. *La furieuse défaite des troupes du marquis de La Force,
venant avec 2500 hommes au secours de Tonneins, faite par Monseigneur
le duc d'Elbeuf* (30 avril), 1622, in-8ᵒ. Paris, P. Ramier.

Nᵒ 1963. *La prise et réduction de la ville de Tonnins à l'obéissance du
roi, par Mᵍʳ le duc d'Elbeuf, ensemble le discours des choses qui sont
survenues pendant le siége d'icelle et autres exploits de guerre faits par
mondit seigneur* (4 mai), *envoyé par personne de qualité qui a toujours
été près mondit seigneur.* Paris, P. Ramier, 1622, in-8ᵒ, pièce.

Les principaux incidents du siége de Tonneins ont été résumés, de
nos jours, par M. de Saint-Amans (*Siége et prise de Tonneins,* 1828.
Morceau réimprimé dans l'*Essai sur les antiquités du département de
Lot-et-Garonne* (Agen, 1859, p. 284-296), par M. L. F. Lagarde (*Recherches historiques sur la ville de Tonneins,* 1833, p. 93-103), et par
M. J. F. Samazeuilh (*Histoire de l'Agenais, du Condomois et du Bazadais,* 1846, t. II, p. 378-386).

rac (¹). Son frère d'armes le vicomte de Castets (²) mourut deux jours après luy, ou de regret ou de malladie. On ne peut oster à ces deux gentils hommes la gloire d'une vertu aussy éminente que leur aage le pouvoit permettre.

Monsieur le prince estoit party d'auprès du Roy avec force bonnes trouppes, pour rafraischir cette armée, la commander et achever cette besongne. Mais il la trouva faicte et toutes les villes de Guyenne en estat d'obéir, et par sa présence et par le peu d'espérance que leur avoit laissé la roulte du sieur de La Force, et son accommodement qui se faisoit à Saincte-Foy, où Monsieur le Prince et le duc d'Elbeuf avec les débris de cette armée furent trouver le Roy (³).

(¹) Ce fut bien à Clairac que moururent Montpouillant et Castets, et non à Tonneins, comme l'ont cru MM. de Saint-Amans et Lagarde, qui ont dit l'un après l'autre : « Leurs corps furent transportés dans l'église de Bagassat, et de là à Clairac. » MM. de Saint-Amans et Lagarde ont été trompés par le *Mercure françois* (t. VII, p. 585), où l'on trouve ces lignes : « Montpouillan et le vicomte de Castets ne vescurent que trois jours après (la capitulation) : une dissenterie et la blessure d'un coup de mousquet que Montpouillan avoit reçeue à la teste l'emportèrent de ce monde, et une blessure au bras avec une fièvre furent la cause de la mort dudit vicomte de Castets. Leurs corps morts furent conduits à l'église de Brigsac *(sic)*, à un quart de lieue au dessus de Tonneins, où la garnison de Clairac les vindrent prendre pour les y porter enterrer. » Les *Mémoires* de La Force et ceux de Castelnaut confirment pleinement les renseignements de Vignolles (t. II, p. 197-198 ; t. IV, p. 454-456). Le père et le frère ont, en ces mêmes pages, redit tous les regrets qu'excita cette mort prématurée. M. le marquis de La Grange a cité, dans sa notice sur le marquis de Montpouillant (en tête du t. IV et principalement p. 10), le nom d'un grand nombre d'historiens qui ont fait l'éloge du plus jeune des fils du duc de La Force, mais il a oublié de citer le nom de Vignolles

(²) On a imprimé *Castets* dans l'édition de d'Aubais. Le marquis de Castelnaut a trouvé de bien sympathiques paroles pour célébrer la généreuse mort de l'ami de son frère (p. 456). Ces paroles, l'histoire doit les retenir.

(³) Louis XIII entra à Sainte-Foy (arrondissement de Libourne) le

Là, Sa Majesté reçeut l'obéissance de Clérac (1), de Montflanquin (2), du Mont de Marsan, Tartas et la Bastide, et s'acheminant à Thoulouse, força Sainct-Anthonin dont le siège fut notable et ne sera pas oublié (3). Elle reçeut aussy du duc de Sully les places de Cadenac (4) et Figeac (5), et du sieur Vignolles en ce voyage, celle de Cajart (6), dont il avoit chassé les ennemis de Sa Majesté.

C'est la fin des affaires de Guyenne en laquelle il n'est resté que Montauban en Querey et Millaut en Roüergue où le Roy ne soit obéi comme au Louvre (7).

26 mai. Sur la soumission de La Force consulter, outre ses *Mémoires* (t. II, p. 198-205) et ceux de son fils (t. IV, p. 459-464), les *Mémoires* de Brienne, qui ont été cités, à cet égard, par le P. Griffet (p. 342-345 du t. I). Voir aussi : *La réduction des villes de Saincte-Foy et Montfalquin (sic) en l'obéissance du roi, la réunion du sieur de La Force et ses enfants auprès de S. M., avec les articles accordés par S. M. audit sieur de La Force* (24 mai). Paris, 1622, in-8°.

(1) Voir Malingre (t. II, p. 315), Du Pleix (p. 219).

(2) Voir Malingre (*ibidem*, p. 316), Du Pleix (*ibidem*).

(3) Sur le siège de Saint-Antonin, voir les *Mémoires* de Rohan (t. I, p. 179), ceux de Bassompierre (t. III, p. 80-94). Consulter aussi le P. Griffet (t. I, p. 356-357), Bazin (t. I, p. 415).

(4) Arrondissement et canton de Figeac (Lot), petite ville où l'on s'est longtemps obstiné à retrouver l'antique Uxellodunum. Voir mon Mémoire intitulé : *De la question de l'emplacement d'Uxellodunum* (Paris, Dumoulin, 1865, gr. in-8°).

(5) Le P. Griffet ajoute deux autres places aux deux places indiquées ici. Voici ses paroles (t. I, p. 346) : « Louis en partant de Sainte-Foy prit la route d'Agen, où il reçut les hommages du vieux duc de Sully, qui lui remit quatre petites places qu'il avoit acquises dans le Querey, savoir : Figeac, Cayrac, Cadenac et Carillac. On lui permit d'en retirer quantité d'armes et de munitions, qu'il fit transporter dans son château de Sully. »

(6) Chef-lieu de canton de l'arrondissement de Figeac.

(7) Ces trois dernières lignes n'ont pas été reproduites par le marquis d'Aubais.

www.ingramcontent.com/pod-product-compliance
Lightning Source LLC
LaVergne TN
LVHW021748060726
842528LV00003B/844